とりかえっこ

泉啓子 作　東野さとる 絵

新日本出版社

もくじ

☆**泉　啓子**（いずみけいこ）☆
東京都生まれ。『風の音をきかせてよ』（岩崎書店）で日本児童文学者協会新人賞受賞。作品に『月曜日のかくれんぼ』（草土文化社）、『サイレントビート』（ポプラ社）、『ロケットにのって』（新日本出版社）、『夏のとびら』（あかね書房）、『シキュロスの剣』『晴れた朝それとも雨の夜』『夕焼けカプセル』（いずれも童心社）他がある。

☆**東野さとる**（ひがしのさとる）☆
岡山県生まれ。中国デザイン専門学校卒業。作品に『少年 NPO「WAN PEACE」――ぼくたちが犬をころさなくちゃならない日』（新日本出版社）、『絶品らーめん魔神亭』『学習塾グリーンドア　生徒が生徒を募集中⁉』「男子★弁当部」シリーズ（いずれもポプラ社）、『３にん４きゃく、イヌ１ぴき』（くもん出版）他がある。

1——オニのおねえちゃん

「ちがうでしょっ！」

おねえちゃんのどなり声がバクハツした。

「いま、説明《せつめい》したばかりじゃない。なんど、いったらわかるのよ！」

耳のそばでギャーギャーいわれると、よけい頭がごちゃごちゃになる。

「だって、わかんないもんはわかんないもん。だいたい、ふたけたの割《わ》り算《ざん》なんて、意味《いみ》がわかんないよ」

「なんでよ？　八このリンゴを四人で分けると、ひとり何こずつ？」

「二こ」

「それと、おなじじゃない。『一四八このリンゴを三七人に分けると、ひとりなんこずつでしょう?』っていう問題《もんだい》なの」

「えー、だったら、そんなややこしい計算しないで、みんなでなかよく分ければいいじゃん」

「もう！　四年生にもなって、そんなバカなこといってないで、まじめにやんなさい！」

ポカッと頭をたたかれた。

「いたっ、なんでぶつのよ?」

「あんたがバカだからよ」

「あー、人のこと、バカっていっちゃいけないんだよ」

「バカだから、バカっていったのよ。なにが悪《わる》い」

おでこをくっつけて、にらみあってたら、

「いったい、なんのさわぎ?」

バタンとドアが開《あ》いて、おかあさんがはいってきた。

「あ、おかあさん、おねえちゃん、ぼうりょくふるうんだよ」

「だって、チル、算数の宿題《しゅくだい》わかんないっていうから、教えてやってんのに、まじめにやらないから」

「教えかたがヘタだから、わかんないの」

「人のせいにすんじゃない、バカッ！」

「あ、また、バカっていった」

「いいかげんにしなさい、ふたりとも！」

すさまじいカミナリがドカンと落《お》ちた。それから、おかあさんはふうっと大きなためいきをついて、おねえちゃんにいった。

「のぞみ、みちるは算数が苦手《にがて》なんだから、もっとやさしく教えてあげなきゃ」

（ほーら）

心の中で思わずニヤッとわらった。おねえちゃんはふてくされたような顔でママをにらんだ。

「じゅうぶん、やさしく教えてますよ。わたしだってね、塾《じゅく》の宿題《しゅくだい》ゴソッとあって、いそがしいのよ。きちょうな時間さいてやってんのに、なんでもんくいわれなきゃならないのよ。あー、ばかばかしい。もうやめた」

「まあ、そういわずに……なんだかんだいって、おねえちゃんがたよりなんだから。みちるも……」

なにかいいかけて、とつぜんハッとしたようにさけんだ。

「いけないいっ、ユカちゃんから電話だった」

「えっ、ユカから？　やだ、早くいってよ」

あわてて部屋《へや》を出ていく背中《せなか》に、思いっきりアカンベエをしてやった。

じぶんがちょっと勉強《べんきょう》できるからって、えらそうにバカバカって……あれでも前は、もう少しやさしかったと思うけど……。

「みちるも、教えてもらうんなら、もっとすなおにならなきゃだめよ」

「だって、このごろ、やたらおこりっぽくて、すぐどなるんだもん」


おねえちゃんは二コ上の六年生。五年の時から、友だちといっしょに塾《じゅく》に通ってる。塾のテストでも、いつも五番以内《いない》。そんなに優秀《ゆうしゅう》なんだから、ぜひ受験《じゅけん》するように先生に何《なん》度《ど》もすすめられた。でも、全《まった》くその気はないらしい。

「ほんとうに行きたい学校があるなら、がんばるけど、『今年はどこの有名校《ゆうめいこう》に何人合格《ごうかく》しました』って、塾の宣伝《せんでん》に使われるの、いやだからね」

「またそんな、なまいきなことといって」

おかあさんは困《こま》って、おとうさんに相談《そうだん》した。なのに、おとうさんはおこるどころか、

「確《たし》かに、のぞみのいうとおりだ。本人のやりたいようにさせればいいさ」って、テレビをみながら、あっさりいったんだって。

おねえちゃんの性格《せいかく》は、おとうさんそっくり――。

塾《じゅく》に行っても、ミニバスは絶対《ぜったい》つづけるからって、六年になっても、キャプテンとして、はりきってた――それが最近《さいきん》なんかおかしい。

「ねえ、おねえちゃん、受験《じゅけん》しないいんでしょ？　なのに、なんで、塾の宿題《しゅくだい》がいそがしいって、あんなにカリカリしてんの？」

「それが、おかあさんにもよくわからないのよ。六年になって、まわりのお友だちが、受験する子も、しない子も、前よりまじめに勉強《べんきょう》するようになって……もしかしたら、口ではあんなふうにいってるけど、まよってるのかしら……？」

真剣《しんけん》な顔で考えこんでしまった。

「どっちでもいいけど、妹に八つ当たりするのはやめてほしいよ」

「あ、ごめんごめん……まずは、みちるの宿題だった」

目の前のわたしをハッと見て、

「みちるも、おねえちゃんの妹なんだから、頭が悪《わる》いわけないの。さ、がんばって」

背中《せなか》をポンとたたかれた。

（もう！　なんで、話がそっちにいくかなあ？）

おねえちゃんの妹だからって……わたしが学校でどれだけ苦労《くろう》してるか、わかってんの？　きょうだって、算数の時間、ちょっと後ろ向《む》いてしゃべってたら、

「杉田《すぎた》さん、どうしてそう落《お》ち着《つ》きがないんですか？　おねえさんはあんなに優秀《ゆうしゅう》で、しっかりしてるのに」って、山岡《やまおか》先生に説教《せっきょう》されて、みんなにクスクスわらわれて――すみれちゃんなんか、じぶんもいっしょにしゃべってたくせに、休み時間、

「杉田さん、どうしてこうも、同じ姉妹《しまい》でちがうんでしょ」

右手でメガネをずりあげるまねまでして、アッタマにくるんだから！

そういうすみれちゃんは、幼稚園《ようちえん》の年長のカズくんとふたり姉弟《きょうだい》。

「弟なんか、なまいきでうるさくて、ちょっとおこると、すぐママにいいつけに行くし

……。ほんと、やだよ。それにくらべて、チルはいいよなあ。あんなカッコいいおねえちゃんがいて」って、いつも、うらやましそうにいう。

マキちゃんも、ひろみちゃんも、「ミニバスのキャプテンなんて、カッコいいよねえ」

「頭がよくて、美人《びじん》で、あんなおねえちゃんいたら、みんなにじまんしちゃう」

かってにキャアキャアさわいで、その後わざとらしく、わたしの顔をじーっと見る。

「それにしても、チル、ぜんぜん、にてないね」

悪かったね。

「どーせ、わたしは運動神経《うんどうしんけい》もニブイし、勉強《べんきょう》もできないし、表彰状《ひょうしょうじょう》をもらったこともないし……」

いってるうちに、じぶんでも悲《かな》しくなってくる。

おねえちゃんは二年前、今のわたしとおなじ四年生の時、県《けん》の作文コンクールに入賞《にゅうしょう》して、全校集会《ぜんこうしゅうかい》で校長先生から表彰状を渡《わた》された。

大きな拍手《はくしゅ》の中、朝礼台《ちょうれいだい》にあがって、おじぎをして、両手《りょうて》で賞状《しょうじょう》を受《う》け取《と》って、もう一《いち》度《ど》おじぎをして、ゆっくりと朝礼台をおりた。その時のおねえちゃんのすがたをはっきりおぼえてる。朝早くから、担任《たんにん》の先生と何度《なんど》も練習《れんしゅう》をしたらしい。

おとうさんもおかあさんも大喜《おおよろこ》びで、その日の夜は、おねえちゃんのだいすきなちらしずしでお祝《いわ》いした。

「みちるも、まけないように、がんばらなきゃな。みちるは、なにがとくいなんだ?」

ビールを飲《の》んで、ごきげんになったおとうさんがニコニコしながら聞いてきた。

ほんとは、幼稚園《ようちえん》の時から絵を描《か》くのがすきだったけど、(とくい)っていうのとはちがうから、「べつに、ない」って答えた。おとうさんはちょっとこまった顔をして、

「ハハッ、そっか……けど、今にきっと、見つかるさ」

大きな手で、わたしの頭をごりごりなでまわした。

「そうよ。これから、がんばればいいの。みちるは努力《どりょく》が足りないだけ」

おかあさんのお説教《せっきょう》が始《はじ》まりそうになって、

「もう！　チルのことはいいから。きょうは、わたしのお祝《いわ》いでしょ？　早く、おすし、食べようよ」

おねえちゃんがプッと口をとがらせて……。せっかく家族《かぞく》そろって楽しいお祝いのはずだったのに、なんかちょっとおかしなふんいきになってしまった。

おとうさんはきっと軽《かる》い気持《きも》ちで聞いただけだから、わたしも軽い気持ちでいっちゃえばよかったのに……。でも、いえなかったんだよね。おねえちゃんが表彰状《ひょうしょうじょう》をもらってきた日に、（すきだけど、とくいじゃない）って、二年生のわたしは思ったんだよね。

「すき」と「とくい」は、どこがちがうかなんて、じぶんでもよくわからない。

でも、あの時からずーっと、こだわってる気がする。今考えたら、あれがおねえちゃんとのバトルの始まりだったのかも……。

「宿題《しゅくだい》、どこがわからなかったの？　見せてごらん」

おかあさんの声にハッとわれにかえった。

「そうだ、宿題！」

おねえちゃんの机《つくえ》の上の算数のノートを、あわててとろうとしたとたん、塾《じゅく》のドリルの下から、チラッとバラのもようの表紙《ひょうし》が見えた。

（えっ、これって……）

思わず、ドキンとした。

いつもはカギのかかる引き出しにしまってあって、ぜったいに見ることのできない、おねえちゃんの日記帳《にっきちょう》。そういえば、さっき宿題を教えてっていった時、あわててドリルの下になにかかくした。

（そっか、勉強《べんきょう》するふりして、これ書いてたんだ）

ユカちゃんからの電話って聞いて急《いそ》いで出てったから、しまう時間がなかったんだ。こんなチャンス、めったにない。早く、おかあさんを追《お》い出さなきゃ。

算数のノートをつかんで、じぶんの机《つくえ》にもどった。

「あ、いい、もうわかった」

「ほんとなの？　わからないままにしたら、どんどんわからなくなっちゃうのよ」

「ほんとだってば。後はじぶんでできるから」

エンピツを持《も》って、せっせとノートに書くふりをした。

「じゃ、またなにかあったら、聞きにくるのよ」

しつこくねんをおして、おかあさんはやっと部屋《へや》を出ていった。ドアがしまったしゅんかん、おねえちゃんの机にとっしんした。

「ウシシシ」

しぜんにわらいがこみあげてくる。あんなにげんじゅうにかくしてるんだ。きっと、ものすごいひみつが……。はやる気持《きも》ちをおさえながら、急《いそ》いで日記を開《ひら》いて、パラパラとめくっていくと、どうしよう？　おミヤのことなんか、なんとも思ってなかったのに、ユカたちがあんなことをいうから、だんだんまわりの目が気になってきた。


（おっ、いきなり、意味《いみ》シン……）

ゴクッとつばを飲みこんだ。

ユカちゃんと、もうひとりリエちゃんは、ミニバスの仲間《なかま》で、五年の時からクラスもいっしょ。しょっちゅう、うちにあそびにくる。

「おミヤ」というのは同じクラスの宮内《みやうち》くん。六年の新学期《しんがっき》になってすぐ、その「おミヤ」のことを三人で話してるのをぐうぜん聞いてしまったのだ。

日記の日付《ひづけ》は、〈4月24日〉——ということは、あの日から二週間くらい後。

ユカちゃんたちがくると、「ガキはじゃま」って、いつも部屋《へや》から追《お》い出される。じぶんだってまだ小学生のガキのくせに、ここは半分わたしの部屋なのに——って頭にくるけど、もんくをいっても勝《か》ち目《め》はない。一階《かい》のリビングでマンガを読んでたら、おかあさんがちょうどクッキーを焼《や》き終《お》わったところで、「おねえちゃんたちに持《も》ってってあげて」って、おさらとジュースのコップが乗《の》ったおぼんをわたされた。

「えーっ、なんで、わたしが？」

「お願《ねが》いね。そのかわり、クッキーはおさらに山もり、ジュースもおかわり自由《じゆう》の特別《とくべつ》大サービスにしますから」

ファミレスの店員《てんいん》さんみたいにニコッとされて、しかたなく二階にあがっていくと、部屋の中からユカちゃんの声が聞こえてきた。

「しっかし、ノンとおミヤって、ふしぎなカップルだよね」

「えーっ、なんで、わたしがあいつとカップルなのよ？」

「カップルじゃん。二年連続《れんぞく》でコンビで学級《がっきゅう》委員《いいん》やってるし」

今度《こんど》はリエちゃんの声。

「べつに、すきでやってるわけじゃないよ。たまたま選《えら》ばれたから」

「だからさあ、そこがふしぎだっていうの。ノンが選ばれるのはトーゼンだけど、おミヤって、べつに勉強《べんきょう》できるわけじゃないし」

「だよね。坂田《さかた》くんや谷《たに》くんのほうが成績《せいせき》もいいし、学級委員に向《む》いてると思うけど、なぜかダントツ一位《い》で、おミヤに票《ひょう》がはいる。ま、あたしもいれてるけど……」

「いつだったか、FCのキャプテンの三沢《みさわ》くんに、聞いたことがあるんだ。『おミヤって、足もそんなにはやくないし、サッカーも特別《とくべつ》うまくないのに、なんでレギュラーなの？』って……。そしたら、『あいつがいるとチームがまとまって、みんながやる気出すから、絶対《ぜったい》に欠《か》かせないメンバーなんだ』って」

「なんか、わかるような気がする。いつもふざけてばかりいるけど、いざって時はたよりになるっていうか、クラスみんなのことを考えて、すごくやさしいよね。やっぱ、そこがミリョクですか?」

テレビのインタビューみたいに、気取《きど》った声でユカちゃんが聞くと、

「なにが、ミリョクよ。バッカじゃないの。相手《あいて》と勝負《しょうぶ》するのに、やさしさなんて、じゃまなだけじゃない。だいたい、あんたたちがなんでそこまで、あいつをほめるわけ?」

おねえちゃんが本気でおこった。

「だって、おミヤがいると、クラス、楽しいもん」

ユカちゃんはケロッといい返《かえ》した。

「『学級委員《がっきゅういいん》らしくしろ』って、先生にしょっちゅうおこられるけど、コンビの相手が坂田《さかた》くんだったら、ノンだって、やりにくいと思うよ。いちいち細かいことにうるさくて……」

「あのねえ、六年は受験《じゅけん》とか卒業《そつぎょう》イベントとか、いろいろあってたいへんなんだから、そ

んなのんきなことといって、遊《あそ》んでいられないんだから、ユカたちもちゃんと協力《きょうりょく》してよ」

「するけどさあ。おミヤがいるから、うちのクラスは安心《あんしん》って、ノンだってほんとは思ってるでしょ？」

「うん、まあ……」

ふたりの強力タッグに負《ま》けたのか、ユカちゃんたちのいうことが正しいと思ったのか、おねえちゃんがすなおに引きさがるなんて、びっくりした。

（もしかして、ほんとに宮内《みやうち》くんのこと、すきなのかな……？）

もっとよく聞こうと、ドキドキしながらドアに耳をおしあてたとたん、おぼんの上のジュースがひっくりかえった。「ギャーッ」とさけんだら、

「なにやってんの！」

バタンとドアが開《あ》いて、オニの形相《ぎょうそう》のおねえちゃんが……。あの時はホント、ユカちゃんたちが止《と》めにはいってくれなかったら、命《いのち》あぶなかったかも……。

2――転校生《てんこうせい》

〈5月14日〉

きょう、うちのクラスに転校生がはいってきた。名前は戸田美帆《とだみほ》さん。おとうさんの仕事《しごと》のつごうで、四月の始業式《しぎょうしき》に間に合わなくて、引っ越《ひこ》しもちゃんとできてないから、しばらく駅《えき》の近くにある親戚《しんせき》のアパートから通うことになったらしい。目がクリッとして、なかなかの美人《びじん》だし、性格《せいかく》も明るそう。休み時間、

かわいい女の子を見ると、すぐデレデレするマッチャンやウッピーが、わたしたちをおしのけて、うるさくいろいろ質問《しつもん》したけど、うれしそうにニコニコ答えていた。

戸田《とだ》さんが引《ひ》っ越《こ》してきた時の話を、わたしもおねえちゃんから聞いた。ちょうど運動《うんどう》会《かい》の一週間前で、もうだれがどの種目《しゅもく》に出場するか決《き》まってたけど、先生が彼女《かのじょ》も参加《さんか》させようと、みんなに相談《そうだん》したらしい。

「ダンスは今からじゃ無理《むり》だし」「五十メートル走と、綱引《つなひ》きぐらいかなあ」って話してると、おねえちゃんといっしょにクラス対抗《たいこう》リレーに出ることになっていた三上《みかみ》さんていう人が、「足、はやい？　リレー出る？」って聞いたって。

ジョーダンだと思って、わらったら、「あ、はい、じゃあ」って、すんなりオーケイしたから、教室中が大さわぎになって、こまった先生が「三上《みかみ》、どうするんだ?」って聞いたら、「もちろん、代《か》わってもらいます。自信《じしん》なくて、リレーに出るの、ゆううつだったから」って――。

「ほんとに、だいじょうぶかなあ」

急《きゅう》にメンバーが代わって、おねえちゃん、すごく不安《ふあん》そうだった。運動会《うんどうかい》当日、大声で応援《おうえん》するすみれちゃんたちの後ろにかくれて、わたしもこっそり六年生のリレーを見た。だって、目立つところで、おねえちゃんを応援するなんて、はずかしい。

まず戸田《とだ》さんがスタートをきった。おねえちゃんは三番手、男子ふたりもはやかったけど、戸田さんと、おねえちゃんがすごかった。他《ほか》のクラスの選手《せんしゅ》をぐんぐんひきはなして、みごと優勝《ゆうしょう》。

「チル、見た? おかあさんも見た? 戸田さん、はやかったでしょう? こんなベストチーム、めったにないよ。ほんと、奇跡《きせき》だよ」

家に帰ってからも、いつまでもこうふんがさめないようすで、仕事《しごと》で来られなかったおとうさんに、「見てほしかったなあ」と残念《ざんねん》そうに何度《なんど》もいっていた。
日記の少し先のページをめくってみた。

〈5月26日〉
きょう、美帆《みほ》ちゃんが初《はじ》めての給食《きゅうしょく》当番だった。パンの箱《はこ》を運《はこ》んでたら、『女の子ひとりじゃ、むりだよ』って、ウッピーが急《いそ》いでかけよっていっしょに持《も》ってあげた。わたしなんか、重《おも》いシチューのなべ、ひとりで運んでも知らん顔してるのに、（デレデレしちゃって、なによ）って頭にきたけど、すごくうれしそうににっこりわらって『ありがとう』って、お礼《れい》をいうのを見たら、つい手を貸《か》したくなるウッピーの気持《きも》ちもわかる、なんて思ったりして……。わたしよりずっと小柄《こがら》だし、明るくて、元気でクラスみんなの妹ができたみたい。
ふだん、女の子を見る目がきびしいユカも、『くやしいけど、にくめないね』
って……。

運動会《うんどうかい》のリレーの後、おねえちゃんたちは戸田《とだ》さんを「美帆《みほ》ちゃん」ってよぶようになった。

つぎの日も、そのつぎの日も、日記にはほとんど毎日、「美帆ちゃん」のことが書いてある。

（なんだ……秘密《ひみつ》なんて、ないじゃん）

ガッカリして、もう読むのをやめようと、残《のこ》りのページをパラパラめくっていくと、とつぜん、（えっ？）と気になる文章《ぶんしょう》が出てきた。

おミヤがいるから、うちのクラスは安心《あんしん》なんて、だれがいったのよ？　六年の学級委員《がっきゅういいん》は、ものすごくたいへんなの！　それが、あいつには全然《ぜんぜん》わかってないの！

日付《ひづけ》は〈6月28日〉三日前だ。

一学期《がっき》も残《のこ》り少なくなって、『夏のサクラ小との試合《しあい》、絶対勝《ぜったいか》って、引退《いんたい》したいよね』って、ユカたちは燃《も》えている。受験組《じゆけんぐみ》は、夏期講習《かきこうしゆう》が毎日あって、今年はどこにも遊《あそ》びに行けないって、ぶつぶついっている。ミニバスも試合《しあい》まで、ほとんど毎日練習《れんしゆう》がある。ＦＣだって野球《やきゆう》だって、同じ。みんな夏休みの間、ものすごくいそがしい。

それよりまず問題《もんだい》なのは、一学期最後《がつきさいご》の日曜に、うちの学校の校庭《こうてい》で開《ひら》かれる地域《ちいき》の夏祭《なつまつ》り。商店街《しようてんがい》の屋台《やたい》や、町内会の盆踊《ぼんおど》り、杉中《すぎちゆう》の吹奏楽部《すいそうがくぶ》の演奏《えんそう》、小学校は毎年、六年生が、ニューソーランを踊《おど》る。おそろいのハッピを着《き》て、めちゃくちゃカッコいいから、去年《きよねん》までは、早く踊りたいって、楽しみにしてた。太鼓《たいこ》やお囃子《はやし》の音にうきうきしながらユカタに着がえて……けど、いざ六年になったら、朝早く集合《しゆうごう》して、ソーランの出番になるまで、ずっと会場の手伝《てつだ》い。ゆっくり、お祭りを楽しむ時間なんてなさそうだし、特《とく》に学級委員《がつきゆういいん》はクラスのまとめ役《やく》だから、責任重大《せきにんじゆうだい》――。なのに、おミヤのやつ、

「ＦＣで模擬店《もぎてん》を出すことになったんだ。売り上げは全部《ぜんぶ》もらえるんだって。ミ

ニバスはやらないの？」なんて、あいかわらずノー天気にうかれて、

「仕事《しごと》がたくさんあるんだから、模擬店《もぎてん》なんて、やるヒマないでしょ！」

いちいち、いい返すのも、つかれる。それだけでもう頭がパンクしそうなのに、
きょう、朝の会でとつぜん先生から夏休みの自由研究《じゆうけんきゅう》について話があった。

「六年生は、クラスごとにテーマを決めて、みんなで協力《きょうりょく》して取《と》り組《く》んでもらうことになったから、帰りの会で話し合ってほしい」って。

（ええーっ、うそでしょう！）

思わず悲鳴《ひめい》をあげたくなった。

「ゲーッ、めんどくせえ」「でも、自由研究って、ひとりじゃなにやっていいかわかんないから、かえって楽かも」

教室中、大騒《おおさわ》ぎになって、

「『みんなで協力』って、全員《ぜんいん》で？」

おミヤがわざわざよけいな質問《しつもん》をして、

「全員《ぜんいん》でできたら、もちろん、それが一番いいけど……」

先生の説明《せつめい》を最後《さいご》までちゃんと聞かないうちに、

「よおーし、やろうぜ。クラス全員で、小学校最後の夏を思いっきり楽しもうぜ」

なんて、かってに、もりあがって、

「そうだそうだ！」「今のこの仲間《なかま》との時間は、永遠《えいえん》の宝物《たからもの》だ」

ウッピーたちもチョーシにのって……。

(思いっきり楽しむって、遊びじゃないんだから！　第一《だいいち》、みんな、いそがしくて、夏休みに全員で集《あつ》まるなんて無理《むり》に決《き》まってるでしょ)

カッカしながら、休み時間にトイレに行くと、美帆《みほ》ちゃんがいつもの笑顔《えがお》で話しかけてきた。

「クラス全員で協力《きょうりょく》してやるなんて、すごく楽しみね！」

「そうお？　わたしはちっとも楽しみじゃないけど」

ついキッとした口調《くちょう》でいい返《かえ》して、(しまった) と思ったけど、それ以上《いじょう》話す気になれなかったから、空いてるトイレに入って、さっさと出てきた。
（いつもさわやかな、そのニコニコ笑顔《えがお》、いいかげん、やめてほしい）
帰りの会で、結局《けっきょく》なにも決まらず、話し合いはまた今度《こんど》ということになった。
正直、こんな状態《じょうたい》で、これ以上仕事《しごと》が増《ふ》えるのは、わたしはいやです、先生。

〈6月29日（木）〉
「朝練《あされん》がないのに、いつもより早く目がさめて、うちにいても落《お》ち着《つ》かないから、軽くジョギングしようと、公園のグラウンドのほうに歩いていくと、緑山薬局《みどりやまやっきょく》の角から犬を連《つ》れた男の子が出てきた。と思ったら、おミヤだった。そういえば学校にくる前に時々、公園のドッグランにコロを連《つ》れて行くっていってた。

「コロ」って名前を初《はじ》めて聞いた時はわらっちゃった。でも、ほんとにコロコロして、かわいいんだよね。リードをピーンとひっぱって、うれしそうにしっぽをふるのを見たら、ひさしぶりにコロと遊びたくなった。

(そうだ！　ついでに夏休みの自由研究《じゆうけんきゅう》のことも、おミヤとちゃんと話そう)

急《いそ》いでかけよって、グラウンドのスロープの手前で「コロ」って呼《よ》ぼうとしたしゅんかん、ビクッと足が止《と》まった。

下のベンチに、美帆《みほ》ちゃんがいた。

うそっ、なんで？　まさか、おミヤと待《ま》ち合わせ？　そんなことあるわけないけど、こんな時間に、どうしてこんな場所《ばしょ》に……？

頭が完全《かんぜん》にパニックになって、あわてて引《ひ》き返《かえ》した。そして、こんな状態《じょうたい》でだれにも会う心配《しんぱい》がないように、バス通りの向こう側《がわ》まで思いっきり遠回りして、チャイムが鳴るギリギリに学校についた。

ドキドキしながら、教室に入ると、美帆《みほ》ちゃんはひとりでポツンと席《せき》に座《すわ》っていた。なんだか、いつもより元気がないように見えた。

おミヤと、なんかあったんだろうか？

おミヤは、あいかわらず、ウッピーたちとバカ話でもりあがってた。

さんざんまよって――昼休み、思いきってユカたちに話した。

「美帆ちゃんが、おミヤと？」

ふたりとも、信《しん》じられないようにポカンとした顔で「ノンの見まちがいじゃないの？」

なんてわらったけど、

「そういえば、いつだったか、ろうかでふたりで話してた」

ユカがとつぜん、思い出したようにいった。

「声かける前に、彼女《かのじょ》、いなくなっちゃったから、『こんなとこで、なにしてたの？』って、おミヤに聞いたら、『べつに、当番の話』って……でも、なんかそわそわしてヘンだった」

「ヘンって、どんなふうに？　学級委員《がっきゅういいん》だから、当番の話くらいするでしょ？」

「そうだけど、彼女、そうとうなブリッコじゃん。ウッピーたちにチヤホヤされて、よく思ってない人、けっこういるよ。正直、あたしも苦手《にがて》だし」

ユカのことばにドキッとした。

彼女の笑顔《えがお》にイライラする、じぶんの気持《きも》ちを見すかされたようで……きのうのトイレのことは話せなかった。

「でも、どう考えても、ふたりで公園にいたのはアヤシイよね」

「もしかして、美帆《みほ》ちゃん、おミヤにコクったとか……？」

「やだ、ありえない」

「じゃあ、その反対《はんたい》」

「もっと、ありえない」

「わかんないよォ、直接《ちょくせつ》、おミヤに聞いてみたら？」

「聞くって、なにを？」

「だから、ふたりでなにしてたのかって……それが気になってるんでしょ？　後でこんな心配《しんぱい》するなら、なんでその場で声かけなかったのよ？」「そうだよ。ノンらしくないよ」「代《か》わりに、あたしたちが聞こうか？」

ヤイヤイいわれて、

「もう、いい。もう、止《や》めて!」

思わず、耳をふさいで……


「なにしてんの!」

とつぜんの声にビクッと顔をあげると、いつのまにか部屋《へや》にもどってたおねえちゃんが、目の前の日記帳《にっきちょう》をらんぼうにひったくった。

「読んだのっ!?」

「ごめ……」

答える間もなく、バシーンとほっぺたをたたかれた。

「人のもの、こそこそぬすみ見るなんて、サイテー!」

急《いそ》いでカギのついた引き出しにしまうと、

「日記のこと、おかあさんに話したら、しょうちしないからね」

ギラギラ光る目でにらんだ。

（そんなこといわれなくても、わかってるよ）

なみだが出そうになるのをグッとこらえて、にらみ返した。その時、階段《かいだん》の下から、おかあさんの声が聞こえた。

「宿題終《しゅくだいお》わったら、おとうさんが帰る前にいっしょにおふろ入っちゃいなさいよォ」

おねえちゃんはプイッと背中《せなか》を向けて、二段《だん》ベッドのハシゴを急《いそ》いであがっていった。


朝、起《お》きると、おねえちゃんとわたしの机《つくえ》の間のてんじょうからシーツがさがってた。たぶん、ゼッコーのしるしだ。と、思ったとたん、ぶたれたほっぺたがまたジンジンいたむような気がした。ゆうべ、あの後、おかあさんがよびにきても、「頭がいたいから、寝《ね》

Diary

る」とベッドから出てこなかった。

のろのろとキッチンにおりて、「おはよう」と声をかけた。やっぱり返事《へんじ》はなかった。ムスッとだまりこんだまま、卵焼《たまごや》きをほんの少し口にいれて、じっとテーブルをにらんでた。

「まだ、頭がいたいの？」とおかあさんが聞くと、「食欲《しょくよく》ないだけ。ごちそうさま」って、ほんとに具合《ぐあい》の悪《わる》そうなようすで、さっさとでかけてしまった。わたしとはもう一生、口をきかないつもりかもしれない。

（かってに日記を読んだのは、わたしが悪い。だからって、あんなに強くぶたなくても……）

ショックだった。日記に書いてあったことも……。

（最近《さいきん》、おねえちゃんがイライラしてたのは、勉強《べんきょう》や塾《じゅく》の宿題《しゅくだい》がたいへんだからじゃなくて、宮内《みやうち》くんや、戸田《とだ》さんのことが原因《げんいん》だったんだ。運動会《うんどうかい》のリレーで優勝《ゆうしょう》した時、あんなに喜《よろこ》んでたのに……ユカちゃんたちに「おにあいのカップル」っていわれるくらい、な

かよく学級委員《がっきゅういいん》やってたのに……もしかして、ヤキモチ？　そんなことでウジウジなやむなんて、全然《ぜんぜん》おねえちゃんらしくないよ）

きょうは、なるべくおそくまで顔をあわせないように、学校が終《お》わったら、すみれちゃんちに遊《あそ》びに行こうって決めた。すみれちゃんはふたりで遊ぶ時、いつもうちに来たがる。そして、くるたび、同じことをいう。

「いいなあ、チルは、すてきなおねえちゃんといっしょで。部屋《へや》も女の子らしくて、きれいで……。うちなんか、なまいきな弟といっしょだから、いつもごちゃごちゃ散《ち》らかしっぱなしで、ほんとやんなっちゃうよ」

でも、きょうはがんばっていってみた。

「たまには、すみれちゃんちに行きたいな」

「ええーっ、だって、のぞみちゃん、ミニバスの練習《れんしゅう》の日でしょ？　いつもより帰ってくるのがおそいから、ゆっくり部屋が使《つか》えるっていってたじゃん。この前、ふたりで描《か》きかけたマンガのつづき、描こうよ。ねっ、カバンおいたら、すぐ行くから」

ペラペラッと早口でいわれて、結局《けっきょく》すみれちゃんにおしきられてしまった。

いつも、そう。すみれちゃんて、ちょっとおねえちゃんみたいに、ごういんなとこがある。

学校から帰って、部屋《へや》のドアを開《あ》けると、てんじょうからだらんとさがったシーツが目に飛《と》びこんできた。おねえちゃんのおこった顔、バシンッとぶたれたほっぺのいたさが、いっぺんによみがえってきた。もう見たくないけど、はずしたら、またどんな仕打《しう》ちをされるかわからないから、がまんした。

すぐるっていったのに、すみれちゃんはなかなかこなかった。

（おそいなあ）

まどの外の灰色《はいいろ》の空から、いまにも雨がふってきそうだ。さっきまで、真夏《まなつ》みたいにギラギラお日さまがてりつけてたのに、先週ぐらいから、ずっとこんな感《かん》じ。いいお天気だと思っても、ゆうがたからきゅうに黒い雲がむくむくでてきて、とつぜんザーッと雨がふってくる。梅雨明《つゆあ》けが近いからだって、おかあさんがいってた。遠くでごろごろとカミナリがなりだした。

「やだ、またふるのかしら」

おかあさんが急《いそ》いで庭《にわ》にほしてあるせんたくものを、とりこんでるのが見える。

(やっぱ、すみれちゃんちにすればよかったかな)

空とおなじ、ゆううつな気分で、てんじょうからぶらさがったシーツに目をやった。

(これ見たら、なんていうだろう?)

すみれちゃんは、部屋《へや》だけじゃなく、おねえちゃんのことをすごくうらやましそうにいう。

「弟なんか、なまいきばっかいって、にくらしいだけだよ。そのくせ、ケンカしてまけると、すぐ泣《な》いて、ママにいいつけるし……それにくらべて、のぞみちゃん、ミニバスのキャプテンだし、春の運動会《うんどうかい》のリレーでも一番だったし……あんなカッコいいおねえちゃんがいたら、みんなにじまんしちゃうな」

すみれちゃんだけじゃない。おなじクラスのマキちゃんや、よしみちゃんも、おねえちゃんのことカッコいいっていう。

「みんな、だまされてんだよ。正体はオニだよ。こわいよう」

口ではそういいながらも、みんなにうらやましがられるおねえちゃんが、ほんとはちょっぴりじまんだった。ゆうべ、あんなことが起《お》きるまでは……。

3――すみれちゃん

げんかんのチャイムがなった。

（やっと、来た！）と思ってると、

「いらっしゃい。雨がふり出す前でよかったわね」

おかあさんの声につづいて、タタタッと階段《かいだん》をかけあがってくる足音が聞こえた。部屋《へや》に入ってくるのを待《ま》ちかまえて、

「おそいよ」

もんくをいうと、

「ごめんごめん」

いつになく、すなおにあやまった。

「ママが急な用事《ようじ》ででかけることになって、四国のおばあちゃんから宅配便《たくはいびん》とどくから、お留守番《るすばん》してって、たのまれて……チルと約束《やくそく》したからダメっていったのに」

「えっ、それで、宅配便、もうとどいたの？」

「カズが友だち連《つ》れて帰ってきたから、ハンコわたして、でてきた」

「ええーっ、だいじょうぶ？」

「いいの！　たまには、あいつにも用事させなきゃ」

すみれちゃんはおこったようにプッと口をとがらせると、

「ほんとにチルはしあわせだよ。あんなバカ弟じゃなくて、のぞみちゃんみたいなおねえちゃんがいて」

いつものせりふを、いつもの何倍《なんばい》も力をこめていった。それから、

「あー、ここは落ち着くなあ」

ホーッとためいきをつきながら、ぐるりと部屋《へや》をみまわして、ようやくてんじょうから

さがったシーツに気がついた。

「あれっ？　どしたの、これ？」

「……おねえちゃんがつけたの」

「うそっ、なんで？」

いっしゅん、まよったけど、ほんとうの理由《りゆう》は話せない。

「きのう、大ゲンカしたから、かってに陣地《じんち》にはいるなって、たぶんゼッコウのしるし。きっともう、一生口きかないつもりだよ。あー、せいせいした」

わざとおおげさにいって、ツンとあごをそらせた。

「もう、チルったら、なんで、あんなやさしいおねえちゃんとケンカなんかするのよ？」

「いったでしょ？　外見はやさしそうでも、正体はオニだって」

「そんなわけないよ。ほら、この前だって、昼休み、六年の男の子がけったサッカーのボールが一年生にぶつかって、ころんで泣《な》いてたら、のぞみちゃん、すごいスピードで飛《と》んできて、『こらーっ、ちっちゃい子には気をつけな!』ってどなって、その子、おんぶして、保健室《ほけんしつ》に連《つ》れてってあげたじゃない」

(ああ、あの時……)

まだ二週間くらい前なのに、ものすごく遠い昔《むかし》に感《かん》じた。

「のぞみちゃん、ほんとカッコいいよ。正義《せいぎ》のみかただよ」

すみれちゃんはこぶしをにぎって力説《りきせつ》した。

(正義のみかた……)

ゆうべの話を聞いたら、どう思うだろう?

(宮内《みやうち》くんと戸田《とだ》さんのこと、気にして……勉強《べんきょう》するふりして、こそこそ日記書いて……ちょっと読んだだけで、あんなにおこって……正義のみかたが、そんなことする?)

今まで、数えきれないくらいケンカしたけど、本気でぶたれたの、初《はじ》めて。ヒドイよ。

思い出したら、またジワジワいかりがこみあげてきた。

（いっそ、全部《ぜんぶ》、バラしちゃおうか……）

でも、やっぱり、いえなかった。


「ねえ、これ、前、のぞみちゃん、着《き》てたよね？」

すみれちゃんがとつぜん、わたしのワンピースのすそをつまんだ。全体《ぜんたい》がうすい水色の半ソデで、首のまわりと、スカートの下の半分に小さな水玉もようがついている。

「うん、そう……わたしの服《ふく》はほとんど、おねえちゃんのおさがり」

「いいなあ、おさがり」

「なにがいいのよ？　すみれちゃんのほうが、よっぽどいいじゃない。いつも新しい、おしゃれな洋服《ようふく》ばかりで……。見てよ。わたしなんか、これもこれもこれも、ぜーんぶお古なんだよ」

おかあさんが先週、夏物《なつもの》にいれかえたばかりのタンスのひきだしをあけて、中の洋服《ようふく》をらんぼうにつぎつぎとひっぱりだした。

「あーっ、これ知ってる。のぞみちゃんが着《き》てたの、おぼえてる」

すみれちゃんはパァッと目をかがやかせて、そでなしのワンピースやTシャツを一枚一枚《いちまい》ていねいにひろげながら、

「いいなあ」

また、うらやましそうにいった。

「そんなにいうなら、とりかえっこしようか？」

ゆうべからのモヤモヤがバクハツして、思わずケンカ腰《ごし》になった。

「おねえちゃんも、お古の洋服も、ぜーんぶ、すみれちゃんにあげようか？」

いきおいで口から飛《と》び出したのに、

「うん、そうしよう！」

すみれちゃんはマジな顔でグッと身《み》を乗《の》り出してきた。

「えっ、おねえちゃんも、だよ」

「やだ、チルったら……いくらなんでもむりでしょ。できたら、そうしたいけど……洋服《ようふく》なら、今すぐ、かえられるから。ね？」

楽しそうに、白いセーラーカラーのブラウスの胸《むね》をつまんで見せた。

「でも、こんなおさがりと、新しいブラウスをとりかえっこして、いいの？」

「うん、いいよ、やろうよやろうよ」

すみれちゃんは完全《かんぜん》に本気らしい。どうせ、おかあさんがゆるしてくれるわけないから、後でまた、じぶんの服に着《き》がえることになると思うけど、ほんの少しの間でも……。新しいゲームを発見《はっけん》したみたいで、なんだか急《きゅう》に楽しくなってきた。

わたしはおねえちゃんのおさがりの水色のワンピースをぬいで、すみれちゃんが着ていた白いセーラーカラーのブラウスと赤いチェックのキュロットスカートをはいた。すみれちゃんは水色のワンピースを着て、

「ふふ、どう？　にあう？」

ちょっぴりてれくさそうな顔をした。

「うん、にあうにあう」

「チルも、すごくにあうよ」

「ほんと？」

ふたりならんで、タンスのとびらについてる、かがみの前に立った。このかがみは、すみれちゃんの大のお気に入り。すみれちゃんちにはママの部屋《へや》にしか大きなかがみがないから、「じぶんの部屋にこんなのがあって、いいなあ」って、くるたび、うらやましそうにいう。すみれちゃんがわたしをうらやましがる理由《りゆう》、〈その二〉って感《かん》じかな？

わたしは、すみれちゃんが来た時以外《いがい》、ほとんど使《つか》わない。でも、きょうはとりかえっこした服《ふく》を着《き》て、ちょっとドキドキしながら、かがみの中のじぶんを見た。すると、なんだか、ふしぎ――すみれちゃんになったような気分になった。すみれちゃんも同じことを感じたのか、

「洋服《ようふく》だけじゃなくて、なかみもいれかわろうか?」と、いった。

「うん、そうしよう」

「じゃあ、あたしがチルで、チルがすみれね」

手をつないで、クスクスわらいながら、かがみの中のじぶんたちのすがたをながめた。

と、ちょうどその時、部屋《へや》のドアがとつぜん開《あ》いて、おかあさんが顔を出した。

「ふりださないうちに、買《か》い物《もの》行ってくるから、おるすばんお願《ねが》いね」

「はあい」

わたしより先に、すみれちゃんがバッとふりむいて返事《へんじ》した。おかあさんはいっしゅん、

(えっ)という顔をして、「ああ、なんだ、びっくりした」と、クスクスわらい出した。

「わたしたち、きょうから、いれかわることにしたの。吉岡《よしおか》すみれです。よろしく」

わたしもちょっとすまして、ペコンとおじぎをすると、

「すみれちゃん、いつもすてきなお洋服ね」

すぐにチョーシをあわせてきたので、

「ありがとうございます」

すみれちゃんの声をまねして、お礼《れい》をいった。すると、おかあさんはこの時とばかりに、カンケーないことをペラペラとしゃべり始《はじ》めた。

「みちるなんか、おねえちゃんのおさがりばかりって、いつも不満《ふまん》いうのよ。でも、まだ着《き》られるのに、体ばかりどんどん大きくなるから、もったいないものね。かわいそうだけど、がまんしてもらってるの」

「やだ、なんで、そんなヨケーなこと……」

あわてててとめようとすると、

「あたし、おさがり、だいすき！　おねえちゃん、だいすきだもん」

水色のワンピースを着たすみれちゃんが、横《よこ》からおしのけるようにして、わりこんできた。

「あらまあ、そうだったの。それ聞いて、安心《あんしん》したわ。わたしも女の姉妹《きょうだい》がいなかったから、おさがりって、すごくいいなあって思うのよ。みちるも、やっとわかってくれたのね。じゃ、すみれちゃん、ゆっくりしてってね」

にっこりわらって部屋《へや》を出ていった。

「もう！　あんなこといったら、よけい新しい服《ふく》買ってもらえなくなっちゃうじゃん」

もんくをいっても、すみれちゃんは知らん顔で、

「あーあ、ほんとにこのままチルになっちゃおうかな。ママもやさしいし……」

かがみにうつしたじぶんのすがたを、満足《まんぞく》そうにながめてる。

（なんなのよ！　すみれちゃんまで……）

じぶんひとり、仲間《なかま》はずれにされたみたいで悲《かな》しくなってきた。でも、すみれちゃんは、ゆうべのことを知らないんだから、これ以上《いじょう》、なにをいってもしょうがない。きょうはあきらめて、洋服《ようふく》をとりかえっこしたまま、絵を描《か》くことにした。

わたしの将来《しょうらい》のゆめは、幼稚園《ようちえん》の先生になって、子どもたちに絵本や紙芝居《かみしばい》を読んであげること。キッカケは年長のペンギン組で、大好《だいす》きだったまなみ先生が「青い鳥」の紙芝居を読んだ後、「ペンギン組にも、ミチルちゃんがいるから、きっと青い鳥が見つかるね」っていってくれたこと――。

「わあ、ほんとだ」って、まわりの女の子たちにいわれて、はずかしかったけど、すごくうれしかった。でも、すぐ、

「えーっ、ミチルだけじゃ、だめだよ。チルチルがいなきゃ」「そうだよ。ミチルなんて、すげえ弱虫じゃん」

男の子たちがぶうぶうもんくをいってきて、思わず泣《な》きそうになったら、まなみ先生はわたしのそばにきて、

「じゃあ、きょうから、ミチルちゃんは、チルチルとミチルのふたりを足して、チルちゃんっていうお名前にしましょう」っていってくれた。

女の子たちはその日からすぐに「チルちゃん」、最初《さいしょ》は「へんなの」ってわらった男の

子たちも、そのうち「チル」って呼《よ》んでくれるようになった。ふたり分の名前をもらって、それまでよりずっと強くなれた気がした。

まなみ先生は他《ほか》にもたくさん絵本や紙芝居《かみしばい》を読んでくれた。

「チルちゃんが、一生懸命《いっしょうけんめい》聞いてくれるから、先生も読むのがすごく楽しかったよ。また、遊《あそ》びにおいでね。今度《こんど》来るときは、チルちゃんの作った絵本を持《も》ってきてくれると、うれしいな」

卒園式《そつえんしき》の日にいわれて、

「わかった。絶対《ぜったい》持ってくる」

指切《ゆびき》りげんまんの約束《やくそく》をしたのに、一度《ど》も行かないうちに、あっというまに一年が過《す》ぎて、二年生になる前の春休み、先生は結婚《けっこん》して、幼稚園《ようちえん》をやめてしまった。

おかあさんから話を聞いて、すごくショックだった。

「なんで、幼稚園やめちゃったの？　絵本、持って行くって、約束したんだよ」

大声でわあわあ泣《な》きながら、おかあさんをぶって、「いいかげんにしなさい！」って、おこられた。

先生が悪《わる》いんじゃない。約束《やくそく》をやぶったのは、わたし。でも、いくら「ごめんなさい」ってあやまっても、先生はもういない。どうしていいかわからなくて、何日も何日も考えて、やっと思いついた。

（そうだ！　わたしが幼稚園《ようちえん》の先生になって、先生と約束した絵本を、子どもたちに読んであげよう）って――。

「えーっ、チルが先生？　ジョーダンでしょ」

おねえちゃんにはゲラゲラわらわれたけど、去年《きょねん》、すみれちゃんと同じクラスになって、年中だったカズくんたちと遊《あそ》んでるうちに、まなみ先生のことを急《きゅう》になつかしく思い出した。先生が読んでくれた「青い鳥」の紙芝居《かみしばい》や、「チルちゃん」っていう名前をつけてくれた時のこと……卒園式《そつえんしき》の先生との約束を、ずっとわすれずに、心の中に大切にしまってたんだって――。

だから、一番のなかよしのすみれちゃんに、そっと打《う》ち明《あ》けた。おねえちゃんにはわらわれたけど、すみれちゃんなら、きっと応援《おうえん》してくれると思って……。なのに、

「幼稚園《ようちえん》の先生なんて、絶対止《ぜったいや》めなよ！」

いきなり、大反対《だいはんたい》された。

「えっ、なんで？」

「絵本や紙芝居《かみしばい》が作りたいなら、あんなうるさい子たちの相手《あいて》しないで、プロの絵本作家になればいいじゃない。ゆめは大きく持たなくっちゃ」

「でも、わたしはまなみ先生みたいな、幼稚園の先生に……」

あわてていい返そうとしたけど、もう聞いてくれなかった。

そういう、すみれちゃんのゆめは、じぶんでデザインした洋服《ようふく》を作るファッションデザイナー。もう何年も前に、ママとふたりでデパートに洋服を買いに行った時、ちょうど催《もよお》

し物《もの》の会場で、子ども服《ふく》ブランドの新作発表会《はっぴょうかい》をやっていた。カメラマンがパチパチとモデルの女の子の写真《しゃしん》をとるのを見て、「わたしも昔《むかし》、こういう世界《せかい》にあこがれてたのよねえ」って、すっかりむちゅうになったママが、一番かわいいモデルの子が着《き》ていた服を買ってくれたって。「いいなあ」っていったら、すみれちゃんはブッとほっぺたをふくらませて、「ママとふたりだけで、お出かけしたの、それ一度《ど》きりだよ。いつも、あのバカ弟がいっしょだからさ。その日はたまたま、かぜをひいて、パパとおるすばんだったけど」って——。

でも、その「一度きり」の楽しかった時間がわすれられなくて、ママのあこがれだった世界を目指《めざ》すことに決めたらしい。そして、ゆめの実現《じつげん》に向けて、着々《ちゃくちゃく》と準備《じゅんび》を始《はじ》めた。

なんせ、すみれちゃんの行動力《こうどうりょく》はすごいから。まず、少し年上の中学生や高校生向けのおしゃれな雑誌《ざっし》を、毎月はむりだけど、時々おこづかいで買って、

「やっぱ、センスをみがかなきゃ。絵本だって、同じだよ。デッサン力とセンスが基本《きほん》」

うちにくる時も必《かなら》ず持《も》ってきて、わたしのゆめをかってに「絵本作家」に決めて、先生みたいにエラソーにいう。

でも、すみれちゃんの雑誌《ざっし》には、外国のきれいな街《まち》の景色《けしき》や、すてきな家具《かぐ》や食器《しょっき》の写《しゃ》真《しん》もたくさんのってるから、「ここ、行きたい」「わあ、これ、かわいい」なんて、おしゃべりしながら、いっしょに絵を描《か》いたりするのはすごく楽しい。

わたしもすみれちゃんに刺激《しげき》されて、紙芝居《かみしばい》を作ることにした。タイトルは「りんごぼうやのぼうけん」——主人公《しゅじんこう》の真《ま》っ赤《か》な「りんごぼうや」が食べられる前に木からにげだして、ぼうけんの旅《たび》に出る、というお話。幼稚園《ようちえん》の時に考えて、ほんとはまなみ先生に見せたかったけど、うまくいかなくて、ずっとそのままになっていた。

今、表紙《ひょうし》の絵を描いてるところ。完成《かんせい》したら、カズくんたちに読んであげようと思ってる。ほんとうの先生になるのはまだずっと先だけど、すみれちゃんがいてくれるから、今《こん》度《ど》はあきらめずにがんばれそうな気がする。

4 —— 神様《かみさま》がくれたチャンス

しばらくの間、おさまってた雷《かみなり》がまたゴロゴロ鳴り出して、空が急《きゅう》に暗《くら》くなってきた。

「おかあさん、ふり出さないうちに、急《いそ》いで行ってくるっていったのに……また、だれかのおばさんとスーパーでおしゃべりしてんのかなあ」

すみれちゃんは、天気のことなんて完全《かんぜん》にわすれたみたい。床《ゆか》にうつぶせになって、むちゅうで絵を描《か》いている。わたしも負《ま》けずに赤とみどりのクレヨンを手にとった。と、とつぜん、

「そうだ！」

すみれちゃんが、なにか思いついたようにガバッと立ちあがった。かがみの前に行くと、両手《りょうて》を胸《むね》の前でクロスしたり、クルッとまわったりした。すみれちゃんはいつもそんなふうに、かがみの前でいろんなポーズをとって、洋服《ようふく》のデザインを作っていく。

「紙に描《か》いただけじゃ、わからないからね」って、わたしもしょっちゅうモデル役《やく》をやらされる。これが、けっこうめんどくさい。初《はじ》めは、いわれた通りのポーズをとるだけだったけど、そのうち「もうちょっとわらって」「まっすぐカメラのレンズを見て」なんて、プロのカメラマンみたいに注文《ちゅうもん》をつけてくるようになった。

「ええーっ、そんなの、無理《むり》だよ」っていっても、「イメージがだいじなの！　あたしが一流《いちりゅう》のデザイナーになるために協力《きょうりょく》してよ」って、ちゃんとやるまで、いつまでもオーケイが出ないので、しかたなくつきあってる。けど、きょう、すみれちゃんが思いついたのは全然《ぜんぜん》ちがうことだった。

「ねえ、せっかく、洋服をとりかえっこしたんだから、記念《きねん》に今のあたしたちの絵を描こうよ」

「あっ、そうだね」

わたしもすぐにかがみの前に行って、すみれちゃんの横《よこ》にならんだ。そして、セーラーカラーのブラウスと赤いチェックのキュロットをはいた、じぶんのすがたをしっかりとながめた。

「やっぱり、かわいい」「うん、いいね」

すみれちゃんも満足《まんぞく》そうにうなずいた。

「じゃあ、カメラが正面《しょうめん》にあるとして、チルはあたしのほうにちょっと首をかしげてみて」「えーっ、またモデルのポーズやるの？」「いいから、早く」「こう？」「うん、そうそう」

かがみの中で、すみれちゃんと目があった。うれしいような、くすぐったいような気持《きも》ちでクスッとわらった。そのしゅんかん、目の前がピカッと白く光って、なにも見えなくなった——と思うと、
ガラガラガラ　ドッカーン！

とつぜん、家がひっくり返ったような、ものすごい音がした。

「キャーッ！」

むちゅうで抱《だ》きあって、床《ゆか》にうずくまった。なにが起きたのか、こわくて動《うご》くこともできず、そのまま、じっとしていると、バタバタと階段《かいだん》をかけあがってくる足音がして、

「だいじょうぶ？」

全身《ぜんしん》ずぶぬれのおかあさんがドアから飛《と》び込《こ》んできた。

「カミナリ、すぐ近くに落《お》ちたみたい。いきなりどしゃ降《ぶ》りになって、スーパーの入り口で少し待《ま》ってたけど、なかなか止《や》まないから、あんたたちのことが心配《しんぱい》になって……。それにしても、こんなすごいの、おかあさんも初《はじ》めて。こわかったでしょう？　だいじょうぶ？」

（そっか、カミナリが落ちたんだ……）

うでをはなしたとたん、ホーッと力がぬけた。

「まだしばらくは心配《しんぱい》だから、完全《かんぜん》におさまるまで、すみれちゃん、うちにいたほうがいいわね。おやつにシュークリーム、買ってきたから」

（えっ？　すみれちゃんて……今、わたしにいった？）

びっくりして、おかあさんを見ると、となりにいたすみれちゃんが、

「やったね、すみれちゃん！　シュークリームだって」

うれしそうに、背中《せなか》をパンパンたたいてきた。（なんだ、まださっきのゲームのつづきか……）と気がついて、

「もう！　いつまで、ふざけて……」

ふりむいて、もんくをいおうとして、思わず悲鳴《ひめい》をあげそうになった。すみれちゃんも、いつもの三倍《ばい》くらいに大きく目を開《ひら》いて、おどろいたようにわたしを見ている。

おかあさんがいなくなるのを待《ま》って、急《いそ》いでドアをしめた。それから、まっすぐ向《む》き合《あ》って、おたがいの顔をじっと見つめた。すみれちゃんがゆっくり手をのばして、わたしのほっぺたをそっとさわった。わたしもおそるおそる手をのばして、すみれちゃんの――わたしそっくりのほっぺたを、そっとさわった。まるで目の前に、もうひとりのわたしがいて、そのわたしをさわってるみたい。ふしぎな感触《かんしょく》に思わずゾクッとして、あわてて手をひっこめた。

信《しん》じられないけど、ほんとうに洋服《ようふく》だけじゃなく中身《なかみ》も、わたしがすみれちゃんに、すみれちゃんがわたしに入れかわってしまった。

「たぶん、カミナリが落《お》ちた時だね」

かすれたような声で、すみれちゃんがいった。

「あの時まで、チルはチル、あたしはあたしだったもんね」

泣《な》きそうになるのをがまんして、コクンとうなずいた。

「よく思い出してみようよ」

また、だまってうなずいた。

とりかえっこした服《ふく》を着《き》て、かがみの前にならんで立って……すみれちゃんにいわれた通り、正面《しょうめん》のカメラに向かってニコッとわらって……そういえば、すみれちゃんと目があったしゅんかん、スウッとかがみの中に吸《す》いこまれていきそうな気がした……でも、もしかしたら、ピカッと光った後だったかもしれない。それからすぐ、カミナリの落《お》ちるものすごい音がして……おかあさんが部屋《へや》にはいってくるまで、むちゅうでだきあって……。

ちょうどその時、

「おやつ、持《も》ってきたわよ。両手《りょうて》がふさがってるから、取《と》りに来て」

とつぜんドアの外から、おかあさんの声がして、ドキッと心臓《しんぞう》が飛《と》び出しそうになった。すみれちゃんが（まかせて）という目つきで「はあい」と返事《へんじ》すると、急《いそ》いでドアに飛んでいって、おぼんを受《う》け取《と》った。

「ありがとう。わあ、おいしそう」

おぼんには、シュークリームとアイスティーのコップがのっていた。おかあさんはシャワーをあびに、すぐ階下《した》におりていった。

「食べよう」

「うん」

ひさしぶりのシュークリーム。おなかもすいていたから、ふたりとも、指《ゆび》についたクリームまできれいにペロペロなめて、あっというまに食べ終《お》わった。

「あーっ、おいしかった」

アイスティーを一口飲《の》んで、満足《まんぞく》そうにホーッと息《いき》をはくと、

「あたしは、いいよ」

とつぜん、すみれちゃんがいった。

「えっ？」

「このまま、チルといれかわったままで、いいよ。だって、チルのこと、ずっとうらやましいっていってたでしょ？　のぞみちゃんみたいなおねえちゃんがいて、いいなって」

「……それは、わたしもそうだけど……」

「じゃあ、問題《もんだい》ないよね？」

すみれちゃんはあっさりいったけど、問題なら山ほどある。

「こんなふうに入れかわったままで、これからどうするの？」

「あたしはチルになったんだから、この家でくらす」

すみれちゃんはきっぱりといった。

「チルは、すみれになったんだから、すみれの家でくらす」

「そんな……まさか、本気でいってんの？」

「本気だよ。それとも、チル、いやなの？　あたしがうらやましいっていったの、うそだったの？」

「そうじゃないけど……もし、ずっとこのままだったら、学校はどうするの？」

「同じクラスなんだから、今まで通り毎日教室で会えるじゃない。家だって近いんだから、いつだって、チルのおとうさんとおかあさんにも、のぞみちゃんにも会えるじゃない」

「……でも、いつまで？　わたし、すみれちゃんの代《か》わりなんて、絶対《ぜったい》できるわけないよ」

こらえきれずに、なみだがこぼれた。すみれちゃんはあわててわたしの手をにぎると、はげますようにいった。

「先のことはどうなるかわからないけど、せっかく神様《かみさま》がくれたチャンスなんだから、そんな心配《しんぱい》ばかりしないで、思いっきり楽しもうよ。ね？　とにかく、のぞみちゃんが帰ってくるまで、あたし、ここで待《ま》ってる。チルはうちに行って、ママとカズがあたしだと思うか、ためしてみて」

最後《さいご》はやさしくいいきかせるように、わたしの顔をのぞきこんだ。

確《たし》かに、すみれちゃんのいう通りかもしれない。こうなってしまった以上《いじょう》、ただ泣《な》いていてもしょうがない。もし、ほんとうに願《ねが》いがかなったのなら、あんないばりんぼのおねえちゃんと、もういっしょにくらさなくていいんだから、カズくんのおねえちゃんになって、いつも新しいおしゃれな服《ふく》を着《き》て……そうだ！　「りんごぼうやのぼうけん」の紙芝《かみしば》居《い》も早く完成《かんせい》させよう。なんだか、楽しみになってきた。

気がつくと、雨はすっかり止《や》んでいた。時計の針《はり》はもう五時をまわっていた。

「いけない。帰らなきゃ」

すみれちゃんが急《いそ》いで立ちあがって、「あ、あたしじゃない。チル、そろそろ帰ったほうがいいよ」といった。

「うん、そうだね……でも、ほんとうに、すみれちゃんのママ、わたしをすみれちゃんだと思って、家に入れてくれるかな……？」

いざとなったら、急《きゅう》にまた心配《しんぱい》になってきた。

「だいじょうぶ、ほら」

すみれちゃんに手をひかれて、もう一度《いちど》、かがみの前にならんで立った。そして、ふたりのすがたをしっかりと目に焼《や》きつけた。

「なにかあったら、すぐ連絡《れんらく》して。あたしも、するから」

「こういう時、スマホがあるといいんだよね。でも、この前、おねえちゃんが買ってほしいっていったら、中学になるまでダメって。クラスの友《とも》だち、みんな、持《も》ってるって、かなりねばったけど、うちはうちって」

「あたしはママがどうこうより、カズにかってにさわられたら、いやだから、まだいらない。そんなに心配《しんぱい》なら、家の前まで、いっしょに行ってあげようか？」

なかなか決心《けっしん》がつかないでいるわたしに、しびれを切らしたように、すみれちゃんが聞いた。

「ううん、だいじょうぶ。わたしは、すみれちゃんだもんね」

じぶんにしっかりいいきかせて、シャキッと背中《せなか》をのばすと、

「じゃ、行ってきます」

すみれちゃんがわたしてくれたバッグを受《う》け取《と》った。

「カズのこと、ビシビシおこっていいからね」

すみれちゃんは一階《かい》までついてきて、

「おかあさーん、すみれちゃん、帰るって」

大きな声でキッチンのほうに呼《よ》びかけた。夕食の支度《したく》をしていたおかあさんは、おハシ

を持《も》ったまま入り口から顔を出して、

「雨、もうだいじょうぶみたいね。おそくなっちゃったから、気をつけてね」

ニコッとわらいかけてきた。


すみれちゃんの家は、坂《さか》をおりて、バス通りをわたった少し先にある。いつもは歩いて十五分かかるけど、急《いそ》いで走ったから、たぶん十分くらいで着《つ》いたと思う。玄関《げんかん》の前で、大きく深呼吸《しんこきゅう》して、気持《きも》ちを落《お》ち着かせてから、

「ただいまあ」

おそるおそるドアを開《あ》けた。と、いきなり、すみれちゃんのママがこわい顔で飛《と》び出してきた。

「こんな時間まで、どこに行ってたの！」

「ごめんなさい……雨がふってきたから、止《や》むまで待《ま》って……」

「だから、どこで？　ママはあんたに留守番《るすばん》たのんだのよ！」

（あっ、そうだった……すみれちゃん、宅配便《たくはいびん》のこと、たのまれたのに、カズくんにハンコわたして、出てきちゃったんだ）

「ちょっと、こっち、きてごらんなさい！」

急《いそ》いで、くつをぬぐと、すみれちゃんのママは、ものすごい力でわたしのうでをつかんで、ろうかの奥《おく》までグイグイ引っぱって行った。連《つ》れて行かれた先は、お客《きゃく》さん用の和室《わしつ》。一度《ど》だけ、おかあさんといっしょに入ったことがある。

「見てごらん！」

いわれて、中をのぞいて、びっくりした。正面《しょうめん》のふすまに反対側《はんたいがわ》までつきぬけた大きな穴《あな》があいていた。棚《たな》に置《お》いてあった花びんがひっくりかえって、下のタタミがびしょぬれになっている。おまけに、部屋中《へやじゅう》に木の枝《えだ》や葉《は》っぱ、ポテトチップのふくろが散《ち》らばっている。

「帰ってきて、びっくりしたわよ。マサくんたちと、うちの中、ドタバタ走り回って大さわぎしてるから、なにしてるのって聞いたら、『台風ごっこ』だって」

あきれた顔で、すみれちゃんのママがいった。

（台風ごっこ？）

「ビューン」「グワーン」なんてさけびながら、大あばれしてるカズくんたちのすがたが目にうかんだ。

「ほんとに、バカなこと考えて！　でも、まさか、和室《わしつ》にまで……かってに入っちゃいけないって、あんなにいつもいってるのに……ポテトチップのふくろも、わざわざ外に落《お》ちてたのをひろってきたのよ！」

なるほど。風に飛《と》ばされたってわけね――って、感心《かんしん》してる場合じゃなかった。すみれちゃんのママはキッとこっちをふりむいて、わたしの顔をにらみつけた。

「さ、ちゃんと説明《せつめい》しなさい！　ママとの約束破《やくそくやぶ》って、どこに行ってたの？」

（えっ、わたし？）

すぐには意味《いみ》がわからず、二、三秒《びょう》考えて、

（そっか、わたしがすみれちゃんなんだ）

やっと気がついた。

（すみれちゃんの代《か》わりに、ちゃんと返事《へんじ》しなきゃ）

さっき、うちにきた時、不満《ふまん》そうにもんくをいってたようすを、一生懸命《いっしょうけんめい》思い出しながら説明《せつめい》しようとした。

「だって、チルの家に行く約束《やくそく》してたから……カズく……カズたちにお留守番《るすばん》、たのんで……。」

「だから、なんで、そんなことしたの？　カズひとりならまだしも、あの子たちだけでほっといたら、どういうことになるか考えなかったの？」

さっきの三倍《ばい》くらいのどなり声に、体がビクッとふるえた。

（すみれちゃんのママ、うちのおねえちゃんよりハクリョクあるかも。知らなかった……どうしよう……これ以上《いじょう》、すみれちゃんの代わりは無理《むり》だよ。でも、今さら、うちに帰れないし……すみれちゃんにも助《たす》けてもらえない……）

泣《な》きたくなって、うつむいた。カミナリが落《お》ちた時、しぬほどこわかった。けど、すみれちゃんがそばにいたから……。そこまで考えて、ハッとカズくんたちのことが心配《しんぱい》になった。

（いくら、むちゅうで遊《あそ》んでても、あんなすごいカミナリ、こわかったよね？）

またおこられるのをかくごで、思いきって聞いてみた。

「あの……ママ、さっきのすごいカミナリの時……」

「雨がふり出す前に、帰ってきたわよ。マサくんたちも、急《いそ》いで帰したし……」

「よかった！　じゃあ、宅配便《たくはいびん》はママが帰ってから、とどいたの？」

ホッとして、ついよけいな質問《しつもん》をしたのが失敗《しっぱい》だった。

「そんなわけないでしょっ！　留守中《るすちゅう》にとどくからって、たのんだわよね？　ちゃんとハンコおして受《う》け取《と》ってあったけど、あんな大切なもの、カズにあずけるなんて……なくしたら、どうするつもりだったのっ！」

どなり声がどんどん大きくなって、

「しっかりしてよ。あんた、おねえちゃんでしょっ！」

さっきのカミナリみたいな強烈《きょうれつ》な一発《いっぱつ》が、ドカンと落《お》ちた。

（……すみれちゃん、おねえちゃんなんだ……）

小さいころから、わたしがおねえちゃんとケンカして、泣《な》くと、おかあさんが決《き》まっておねえちゃんにいうことば。

『あんた、おねえちゃんでしょっ』

そんな時、おねえちゃんは顔を真《ま》っ赤《か》にして、いい返す。

『おねえちゃんだからって、なんで、わたしばっかおこるのよ！』

わたしもまねして、すみれちゃんの代《か》わりにいってみた。

「おねえちゃんだからって、なんで、わたしばっかおこるのよ」

ぼそぼそと小さい声だったけど……。それを聞いて、すみれちゃんのママは少し落《お》ち着《つ》いた口調《くちょう》で、ゆっくりといった。

「いい？　おねえちゃんていうのは、大きいの。今まで、学校でも、勉強《べんきょう》だけじゃなく、いろんなこと習《なら》ったでしょ？　幼稚園《ようちえん》の子と、四年生と同じじゃないでしょ？　だから、パパとママがいない時は、あんたが責任《せきにん》を持《も》たなきゃいけないの。わかった？　わかったら、カズとふたりで部屋《へや》をかたづけなさい」

グイと背中《せなか》をおすようにして、キッチンに入っていった。後ろすがたを見送《みおく》りながら、

（すみれちゃんなら、どう思うだろう？）と考えた。

（お留守番《るすばん》、たのまれたのに、出かけたのは悪《わる》い……でも、それはわたしと遊《あそ》ぶ約束《やくそく》があったから。こんなに散《ち》らかしたの、カズくんたちなのに……不公平《ふこうへい》かな……？）

いくら考えても、よくわからなかった。完全《かんぜん》にすみれちゃんの気持《きも》ちになるなんて、無《む》理《り》だもん。その時、

『カズのこと、ビシビシおこっていいからね』

すみれちゃんがいったことばを思い出した。

（そうだよね。じぶんがいない間に、弟がこんなことしたら、おねえちゃんとして絶対《ぜったい》おこるよね。よしっ、すみれちゃんの代《か》わりにとっちめてやろう）

そう決心《けっしん》して、子ども部屋に向かった。

部屋《へや》のドアを開《あ》けると、ブロックやプラレールがごちゃごちゃ散《ち》らかってる真《ま》ん中《なか》で、カズくんはスヤスヤ眠《ねむ》っていた。きっと大暴《おおあば》れして、つかれたんだね。

（ふふ、かわいい）

その顔を見たとたん、とっちめようなんて気持《きも》ちはどこかに吹《ふ》っ飛《と》んでいった。こんなチャンスはめったにない。近くにすわって、じっくり観察《かんさつ》した。ほっぺがふっくらして、おでこにすりキズがある。幼稚園《ようちえん》の友だちとえらそうにしゃべってる時と、全然《ぜんぜん》ちがう。

（起こすの、かわいそうだから、自然《しぜん》に目がさめるまで待とう）

音をたてないよう、まわりのブロックを少しかたづけながら、部屋を見まわした。

それにしても、すごい散らかりよう。こわいおねえちゃんがいない間に、思いっきりあばれたんだと、おかしくなった。

すみれちゃんはファッションにうるさいだけあって、洋服《ようふく》をかけるハンガーラックや、お気に入りのぬいぐるみや人形をならべたたなを、いつもきれいに整理《せいり》してある。

「基本《きほん》は、同じ場所《ばしょ》に、同じものを置《お》くこと。使《つか》ったら、必《かなら》ずもとの場所にもどす。かんたんなことなのに、カズったら、なんどいっても、わからないんだから」

　今にも、そんな声が聞こえそうだ。すみれちゃんがいない時に、この部屋《へや》にはいるのは初《はじ》めて。もちろん、こんな状態《じょうたい》を見るのも初めて。なんとなく落《お》ち着《つ》かない気分で、あちこちながめているうちに、

「あれっ？」

すみれちゃんの机《つくえ》の上に目がいった。

（おかしいなあ……）

　気になって、そばまで確《たし》かめにいった。本やノートがならべてあるたなの横《よこ》に、いつも置《お》いてあったイチゴのキャンディボックスがない。

5――イチゴのキャンディボックス

緑色《みどりいろ》の葉《は》っぱの上に赤いぼうしのこびとがすわっていて、中にイチゴ味《あじ》のキャンディがはいっていた。雑誌《ざっし》にのっていた写真《しゃしん》を見て、「わあ、これ、かわいいね」って、すみれちゃんがすごく気にいったみたいだったから、おとうさんにネットで調《しら》べてもらって、五月十二日のお誕生日《たんじょうび》にプレゼントした。

「ハイ、びっくり箱《ばこ》だよ」ってわたしたら、「えーっ、うそでしょう？」って、おそるおそるリボンをほどいて、ふたを開《あ》けたとたん、

「キャーッ、ほんとに、びっくり箱だ！」

大声でさけんだから、こっちのほうがびっくりした。

「チル、ありがとう！　一生の宝物《たからもの》にするね。カズにも絶対《ぜったい》さわらせないからね」

予想以上《よそういじょう》に、めちゃめちゃ喜《よろこ》んでくれて、キャンディを食べ終《お》わった後は、ブローチや、リボンや、宝物を入れて、ずっと大切に使《つか》ってくれていた。赤いぼうしのこびとにも「コピ」って名前をつけて、遊《あそ》びにくるたび、

「ガラスだから、朝日があたると、中のブローチがキラキラ光るんだよ」「夜、机《つくえ》の蛍光《けいこう》灯《とう》を消《け》すと、コピ、さみしそうな顔するんだよ」

いろんなことを話してくれた。

（この前は、確《たし》かにここにあったのに……どっか、別《べつ》の場所《ばしょ》にしまったのかなあ？　そういえば最近《さいきん》、ずっとうちで遊んでたから……最後《さいご》にきたの、いつだったかなあ……）なんて考えてると、

「静《しず》かだけど、もう終わったの？」

とつぜんドアが開《あ》いて、すみれちゃんのママが顔を出した。部屋《へや》のようすを見るなり、

「えーっ、全然《ぜんぜん》かたづいてないじゃない。なに、やってたのっ！」

キンキン声でどなった。

「あ、カズく……カズがねちゃって……」

「さっさと起こしなさい。もう五時半よ。六時までにかたづけないと、ふたりとも、きょうは晩《ばん》ごはんぬきだからね」

バタンとドアを閉《し》めて、行ってしまった。

（まずいよ）

あわてて、カズくんをゆすった。

「起きて！　早くかたづけないと、晩ごはん、ぬきだって！　いっしょに手つだってあげるから、大急《おおいそ》ぎでかたづけよう」

やっと目をさましたカズくんは、まだ半分眠《ねむ》ったようなぼんやりした顔で、ふしぎそうにわたしを見た。

（……まさか、すみれちゃんじゃないって、気づいた……？）

背中《せなか》にジトッとあせが出てきた。でも、ちがった。

「おねえちゃん、もう、おこってないの？」

「おこるって、なにを……？」

（あ、そっか、うちの中を、あんなに散《ち》らかしたから……）

「そりゃ、おこってるけど、マサくんたちもいっしょに遊《あそ》んだんでしょ？　わたしもママとの約束《やくそく》を破《やぶ》ったから、きょうは特別《とくべつ》、いっしょに片《かた》づけてあげるよ」

「でも……おばあちゃんが送《おく》ってきた荷物《にもつ》、ぼくの誕生日《たんじょうび》プレゼントって知ってたから……受《う》け取《と》るのが、いやだったんでしょ？」

のろのろ起きあがって、泣《な》きそうな声で聞いた。

（えっ、そうだったの？　すみれちゃん、そんなこと、なにもいってなかったけど……）

「ごめんなさい……ほんとに、ごめんなさい」

カズくんは、じぶんの机《つくえ》のひきだしから、白い封筒《ふうとう》を出してきた。そして、ひざの上においていて、やっと聞こえるような小さな声で話し始《はじ》めた。

「この前、おばあちゃんに電話したの。おねえちゃんの誕生日に、チルちゃんにもらった大切なプレゼント、こわしちゃって……」

（えっ、プレゼントって、もしかして、イチゴのキャンディボックスのこと？）

思わず、口から出そうになったことばを、あわてて飲《の》みこんだ。落《お》ち着《つ》いて、カズくんの話を最後《さいご》まで聞かなきゃ。

「おねえちゃん、ものすごくおこって、ぜったいゆるさないっていったでしょ？　ぼくの誕生日《たんじょうび》なんて、もうこなければいいって……ぼくなんて、いつまでも五歳《さい》のままおとなになれないって……。だから、前にプレゼントにほしいっていった「はたらく車のミニカー・セット」いらないから、おねえちゃんと仲直《なかなお》りができるようにしてって、おばあちゃんにたのんだんだ。そしたら『わかった』っていったのに、ミニカーセットを送《おく》ってきて……中に、この手紙がはいってた」

カズくんはおずおずと、わたしに手紙をさしだした。でも、わたしはすみれちゃんじゃない。読んでいいのかまよってると、まだおこってると思ったのか、全部《ぜんぶ》ひらがなで書かれた手紙を、一字ずつ、何度《なんど》もつっかえながら、いっしょうけんめい読み始《はじ》めた。

「カズくん、六さいのおたんじょうび、おめでとう。カズくんがうまれたとき、すみれちゃんがどんなによろこんだか、わかりますか？　『おとうとができたの。きょうから、おねえちゃんになるの。この子はいっしょう、わたしがまもる。だれかにいじめられたら、ぜったいにゆるさない。ずっといっしょう、まもるから』って……」

そこまで読むと、カズくんはポロポロなみだを流《なが》してなきだした。


「もう、いいよ」

思わず、カズくんの手をギュッとにぎりしめた。

（すみれちゃん、カズくん、もういいよね？　すみれちゃんがわたしのプレゼント、そんなに大切に思ってくれて、すごくうれしい……でも、カズくんだって、きっとわざとこわしたわけじゃないんだから、そんなにおこらないで……あ、もしかしたら、スマホもカズくんにかってにさわられたくないから、いらないっていったの……）

気がつくと、わたしの目からもポロポロなみだがこぼれてた。

玄関《げんかん》のチャイムが鳴った。と、すぐに、すみれちゃんのママがカズくんと、すみれちゃんを呼《よ》ぶ声が聞こえた。カズくんの手をにぎったまま、ふたりで玄関に出ていくと、となりの家の佐藤《さとう》さんのおばさんと、ナナちゃんが立っていた。

ナナちゃんはカズくんと同じ幼稚園《ようちえん》の年長組、わたしも何度《なんど》かいっしょに遊《あそ》んだことがある。すごく元気で、よくしゃべる子なのに、なぜかいつもとようすがちがって、ずっとうつむいてる。

おばさんがわたしたちに頭をさげた。そして、もうしわけなさそうに打《う》ち明《あ》けた話を聞いて、びっくりした。ナナちゃんが、イチゴのキャンディボックスをこわしたというのだ。

「この子ったら、ほんとうにもう……つい今しがた、『もうすぐ、カズくんのお誕生日《たんじょうび》ね。プレゼント、なににする?』って聞いたとたん、ワッと泣《な》き出して……。すみれちゃん、ごめんなさい。お友だちにもらった大切なお誕生日のプレゼント、『絶対《ぜったい》にさわっちゃ、だめだよ』ってカズくんにいわれてたのに……あんまりきれいだったから、女の子の友だちに見せたくて、『ちょっとだけ』って無理矢理《むりやり》たのんで、走って公園に持《も》って行くとちゅう、落として割《わ》ってしまったって……。どうしていいかわからなくて、泣《な》きながら、カズくんにあやまりにいったら、すぐいっしょにかたづけに行って、『だいじょうぶ。まかせて』って、いってくれたって……。それが、もう二週間も前のことだっていうのに、きょうまで、ちっとも知らなくて……。カズくん、すみれちゃん、ほんとうにごめんなさい」

おばさんはそういって深々《ふかぶか》と頭をさげた。

（えっ、そうだったの？）

おどろいてカズくんを見た。でも、わたしの手をギュッとにぎったまま、なにもいわない。

「ほら、あんたもちゃんと、すみれちゃんにあやまりなさい！」

おばさんは少しらんぼうにナナちゃんの背中《せなか》を前におしやった。ナナちゃんは下を向《む》いたまま、ずっとベソをかいている。

（もう、いいよ）といってあげたかったけど、ナナちゃんがあやまる相手《あいて》はわたしじゃなくて、すみれちゃんだ。カズくんも、ナナちゃんをかばって、二週間も、つらい想《おも》いをした。

「ごめん、なさい」

ナナちゃんの口から、やっと小さな声が出た。すみれちゃんのママは、わたしのプレゼントがこわれたことも、カズくんが犯人《はんにん》だと思って、すみれちゃんがずっとおこってたことも、なにも知らなかったらしくて、

「ほんとうに、もうしわけありませんでした」

何度《なんど》も頭をさげるおばさんに、

「あ、いえ、もう……」

こまったように、ひらひら手をふって、おじぎを返《かえ》した。と、

「せめてもの、おわびのしるしに……こんなことしかできないので」

おばさんがカズくんとわたしの前に、小さな箱《はこ》をそっとさしだした。

「ナナといっしょに、一生懸命《いっしょうけんめい》作ったの。カズくんはチョコがすきだから、チョコケーキ。お誕生日《たんじょうび》には三日早いけど、よかったら、みんなで食べてね。すみれちゃんもカズくんも、これからも、ナナとなかよくしてもらえるかな？」

「うん、ありがとう」

カズくんはうれしそうに箱をうけとって、

「おねえちゃん、もうおこってないよ」と、ナナちゃんにいった。ナナちゃんはわたしの顔をチラッと見てから、やっと安心《あんしん》したように、おばさんと手をつないで帰っていった。


すみれちゃんのママは、その時になって初《はじ》めて事情《じじょう》がわかったらしい。

「そういえば、チルちゃんからもらったプレゼント、宝物《たからもの》みたいに大切にしてたから、どこかにしまいこんだんだと思ってたら、そういうことだったの。今度《こんど》、わたしからも、チルちゃんにあやまらなきゃ」

「えっ？　う、うん……でも、もう、いいよ」

いっしゅん、あわてたけど、

「それより、ナナちゃんが作ってくれたケーキ、早く見せて」

すぐにすみれちゃんらしく、思いっきり元気な声でいった。つもりだったのに、またまた大失敗《だいしっぱい》。

「それより先にすることがあるでしょ？」

ママにキッとにらまれた。

（いけない！　片《かた》づけのこと、すっかりわすれてた！）

急《いそ》いで子ども部屋《べや》にもどると、カズくんが心配《しんぱい》そうに聞いてきた。

「おねえちゃん、チルちゃんにまだ話してないんでしょ？　あれ、こわれてから、一度《いちど》もうちに来てないもんね」

（えっ、そうだったの？）

いわれてハッと、すみれちゃんのようすを思い出した。

（わたしをこの部屋《へや》に連《つ》れてきたくなくて……だから、きょうもうちで遊《あそ》びたいって、あんなにいいはったの？）

カズくんは、だまってうつむいてる。でも、きっとそうなんだね。すみれちゃんが、わたしに正直に話せないくらい、ショックを受《う》けたのを知ってたから……それで、責任《せきにん》を感《かん》じて、ナナちゃんをかばったんだね。

（カズくん、すごいね）

また、なみだが出そうになった。

ほんとうのことを知ったら、すみれちゃん、「おとうとなんて、やだ」って二度《ど》といわなくなるね。だって、まだ五歳《さい》なのに、こんなにやさしくて、いろんな人の気持《きも》ち、ちゃんとわかって……うちのいばりんぼのおねえちゃんより、百倍《ばい》カッコいいよ。

もうこれ以上《いじょう》、カズくんが心配《しんぱい》しなくてすむように、

「だいじょうぶ、あした、チルにちゃんと話すから」

わたしはきっぱりと約束《やくそく》した。そして、

「カズ、ごめんね。ありがとう」

すみれちゃんの代《か》わりに、心をこめて、お礼《れい》をいった。カズくんは、よっぽどびっくりしたのか、

「グウェーッ！」

銃《じゅう》でうたれた怪獣《かいじゅう》みたいななさけび声をあげて、後ろにドテンとひっくり返《かえ》った。と、下にあったブロックに背中《せなか》をぶつけたらしく、「イテテテ」と半分ベソをかきながら、起きあがった。その顔は完全《かんぜん》に、いつものワンパクぼうず。

「アッハハ、バーカ。ほら、早く、片《かた》づけないと、またママゴンがせめてくるよ」

わたしも、すみれちゃん役《やく》にもどって、一発《いっぱつ》バシッとおしりをたたいてやった。

「すみれーっ、チルちゃんから電話よーっ」

その時、ママがまた大声で呼《よ》んだ。

（えっ、わたしから、電話……？）

いっしゅん、頭がこんがらがって――（あ、そうだった）と思い出した。さっき別《わか》れる前に（なにかあったら、連絡《れんらく》しよう）って約束《やくそく》した。でも、まさか、こんな早くかかってくるとは思わなかった。急《いそ》いで部屋《へや》を出て、ママがキッチンに入るのを確《たし》かめてから、

「もしもし」

電話に出ると、

「あ、チル？　のぞみちゃん、なんかたいへんなことがあったみたい」

ひどくあわてた感《かん》じの、ひそひそ声が聞こえてきた。

「たいへんなことって？」

「ここじゃ話せないから、すぐ出てきて。ママには、チルの家にわすれものしたっていって……あしたまでの宿題《しゅくだい》のプリントがいいかな。あたしは、すみれちゃんがわすれたプリント、とどけに行くっていうから」

「えっ、今から？」

かべの時計を見ると、もうすぐ六時半。

「くわしく説明《せつめい》してる時間ないから……ええっと、場所《ばしょ》は……『サンマルシェ』の前。わかった？　じゃ」


それだけいうと、電話は切れた。

（おねえちゃんのたいへんなことって、なんだろう？）

せっかく、カズくんや、すみれちゃんのママと自然《しぜん》に話ができるようになってきたところだったのに……。こんな夕方おそく……よっぽどの緊急事態《きんきゅうじたい》らしい。ママに気づかれないよう急《いそ》いで玄関《げんかん》に行って、くつをはくと、

「宿題《しゅくだい》のプリント、とりに行ってくる！」

大声でさけんで、全速力《ぜんそくりょく》でかけ出した。

「サンマルシェ」はバス通りの近くにある手作りのパン屋《や》さん。たなにならんだ焼《や》きたてのパンがガラスごしに見えて、通るたびに食べたくなる。そのすぐ前に、水色のワンピースを着《き》た女の子が立っていた。見たしゅんかん、思わずドキッと足がとまった。

(あれが、わたし……?)

今まで、じぶんのすがたなんて、運動会《うんどうかい》や遠足のビデオでしか見たことがない。けど、なんか全然《ぜんぜん》ちがう気がする。

中身《なかみ》がわたしじゃなくて、すみれちゃんだから? でも、まわりのみんなには、あの子がわたしに見えるんだよね? おかあさんも「とりかえっこ」に気づかなかったし、カズくんも、すみれちゃんのママも、わたしをすみれちゃんだって信《しん》じたし……。

ついいろいろ考えてると、とつぜん、こっちをふりむいた。いっしゅん、びっくりした顔をして、でもすぐわたし――すみれちゃんのすがたをしたわたしを、「モデルごっこ」の時のカメラマンみたいな目で、じっと観察《かんさつ》するようにながめた。

(本物《ほんもの》には、どんなふうに見えてるんだろう?)と思ったら、急《きゅう》に落《お》ち着《つ》かない気分にな

ARCHE
SUN
MAR
CHE

って、

「すみれちゃーん！」

大声でさけびながら、むちゅうでかけ出した。すみれちゃんもハッとしたように手をふって、

「チルーッ！」

急《いそ》いで、かけよってきた。そして、ハアハア息《いき》を切らせながら、早口でしゃべり始《はじ》めた。

「さっき、チルがいなくなってから、のぞみちゃんの友だちのユカちゃんとリエちゃんが来たの」

「ユカちゃんとリエちゃんが？」

「そう」

コクンとうなずいて、すぐ先をつづけた。

「のぞみちゃん、あたしのこと、チルって信《しん》じてくれるか、すごい楽しみで、何回もそわ

そわ、かがみ見たりして……でも、じっと部屋《へや》で待《ま》ってても落《お》ち着《つ》かないから、階下《した》におりて、門のところまで、ようすを見に行ったの。そしたら、ユカちゃんとリエちゃんが走ってきて、『ノン、いる?』って……」

「えっ、どういうこと? きょう、ミニバスの練習《れんしゅう》でしょ?」

「あたしもそう思って、『まだ、帰ってきてないけど、ミニバスでいっしょじゃなかったの?』っていったら、びっくりしたように顔見合わせて……『どうしよう』『とにかく、さがしてみよう』って、そのまま行っちゃいそうになったから、あわてて追《お》いかけて、『おねえちゃん、なんかあったの?』って、聞いたの。チルなら、絶対《ぜったい》気になるでしょ? もう少しで『のぞみちゃん』って、いっちゃいそうになって、あせったよ」

しゃべりつづけて苦《くる》しくなったのか、ゼエゼエ息《いき》をして、またつづけた。

「ユカちゃんたち、後ろ向《む》いて、こそこそ相談《そうだん》してたけど、チルには知っててもらったほうがいいからって……『おばさんには絶対ナイショよ』って、何度《なんど》もねんをおして、やっと話してくれたの」

きのうの日記を思い出して、いやな予感《よかん》がした。

「のぞみちゃん、帰りの会が終《お》わってすぐ、教室を出てって、ミニバスの練習にも来なかったって……」

「うそっ、なんで?」

「そこまでは教えてくれなかった。ふたりとも、『あたしたちが悪《わる》いの』『絶対《ぜったい》、さがしてくるから、チルちゃんは家で待《ま》ってて』って……急《いそ》いで走って行っちゃった」

「それ、何時ごろ?」

「チルが出てって、三十分くらいかな? ほんとはもっと早く知らせたかったけど、のぞみちゃんが帰ってくるまで、とにかく待とうと思って……」

「帰ってきたの?」

ドキドキしながら、聞いた。

「さっきの電話の、ちょっと前に帰ってきた。いつもと全然《ぜんぜん》ちがうようすで、元気なくて、どうしていいかわからなかったけど、『ユカちゃんたち、心配《しんぱい》してたよ。どこ行ってたの？』って聞いたら、いきなり部屋《へや》の外に追《お》い出されて、ドアが閉《し》まったとたん、ワッと泣《な》く声が聞こえて……のぞみちゃんがあんなふうに泣くなんて、ほんとにびっくりして……。あたしがこれ以上《いじょう》、ここにいても、なにもできない。早く、チルに知らせなきゃって……」

声が少しふるえてた。空気がひんやりしてきて、半そでのブラウスだと、ちょっと寒《さむ》い。もうすぐ、日もくれる。


「わたしも同じこと考えたよ」

「えっ？」

「ここにいるのが、わたしじゃなくて、すみれちゃんだったらいいのにって……」

口にしたとたん、ついさっきの光景《こうけい》がよみがえって――カズくんのこと、ナナちゃんのこと……胸《むね》の中につめこんだ、いろんな想《おも》いがワァッと噴《ふ》き出した。

「すみれちゃん、わたしと入れ代《か》わりたかったって、まさか、イチゴのキャンディボックス、こわしたからじゃないよね？」
すみれちゃんは、そのしゅんかん、声も出ないようすだった。それから、キラキラ光る目で、わたしをまっすぐ見つめて聞いた。

「カズがしゃべったの？」

（ああ、これは、すみれちゃんの目だ）

わたしはだまって、うなずいた。

「どうして、もっと早く話してくれなかったの？」

「だって、あいつが……」

ひと言いいかけて、

「ごめんなさい……どうしても、いえなかったの」

泣《な》きそうな顔で、うつむいた。

「おねえちゃんがいるのが、うらやましいって、おさがりがうらやましいっていってたのに……」

「それは、ほんと！　このまま、チルと入《い》れ代《か》われたらって、本気で思った」

顔をあげて、きっぱりといった。

「でも、キャンディボックスのことは……じぶんでも、よくわからない……」

声がふるえて、またうつむいてしまった。

わたしは、すみれちゃんの家で起こったことを、全部《ぜんぶ》話した。カズくんがおばあちゃんに電話でたのんだ、お誕生日《たんじょうび》プレゼントのこと、きょう、おばあちゃんからとどいたプレゼントと手紙のこと、ナナちゃんのこと……。すみれちゃんは下をむいたまま、だまって聞いていた。

「カズくん、すみれちゃんがイチゴのキャンディボックス、ほんとに大切にしてるのがわかったから、こわしたのはナナちゃんだけど、じぶんがあやまろうと思ったんじゃないかな？」

カズくんの顔がうかんで、泣《な》きそうになったけど、最後《さいご》まで、ちゃんといわなきゃと、ひっしにがんばった。

「だから、もう、ゆるしてあげて。わたしが——すみれちゃんになったわたしが、カズくんに約束《やくそく》したの。キャンディボックスこわしたこと、チルに話すって……」

「……」

「今、聞いたからね。すみれちゃんの『ごめんなさい』を今、聞いたから……。わたしのプレゼント、そんなに大切にしてくれて、ありがとう」

「……ごめんね、チル」

すみれちゃんの目から、ポロポロなみだがこぼれた——わたしの顔のすみれちゃん——その顔が、すぐになみだでにじんで見えなくなった。両手《りょうて》をギュッとにぎったら、あったかさがジーンとつたわってきた。

「ごめんね、チル……」

「その話は、もう終《お》わり。だって、なんだか、わたしがわたしにあやまってるみたい」

「ホントだ。どっちが、どっちか、わからなくなっちゃった」

すみれちゃんは、やっといつもの元気な声でクスクスわらった。

気がつくと、あたりは暗《くら》くなっていた。街灯《がいとう》や、お店の看板《かんばん》が白く光って、通りを走る車はヘッドライトをつけている。

6――サンマルシェ・ショウウィンドウ大作戦《だいさくせん》

「帰らなきゃ！」

ふたり同時にさけんで、思わず顔を見あわせた。

（どこへ？）

もちろん、本物《ほんもの》のじぶんの家へ――。

（でも、ムリだよね）

「やっぱり、すみれちゃんちに帰るしかないよね……？」

急《きゅう》に現実《げんじつ》にもどって、もそもそつぶやくと、

「だめだよっ！　チルはチルの家に帰って、ちゃんとのぞみちゃんの話を聞かなきゃ」

いきなり、すごいいきおいでおこられた。それから、すみれちゃんはちょっとてれくさそうに、つけたした。

「あたしもじぶんちに帰って、ナナちゃんが作ったチョコケーキ、食べたいから」

「えっ、じぶんちに帰るって……このままで？　そんな、ムリでしょ。ママにどう説明《せつめい》するの？」

「うーん、問題《もんだい》はそこなんだよね。でも、きっと、いい方法《ほうほう》があるはず」

キッパリといいきった。顔やすがたはわたしでも、さすが本物《ほんもの》のすみれちゃん。なにが起こっても、かんたんにはあきらめない。

さっきまで、がんばって、すみれちゃんの役《やく》をやって、少しはおねえちゃんらしく、強くなったと思ったのに、わたしはやっぱりわたし。すみれちゃんにはなれない。ちょっぴり、くやしいけど……でも、もしかして、本物じゃなかったから、カズくんの話をよく聞いて、つたえてあげられたのかも……。

うで組みして、じっと考えこんでたすみれちゃんが、急《きゅう》になにか思いついたように顔をあげた。

「ねえ、おぼえてる？　最初《さいしょ》、服《ふく》をとりかえっこしただけで、チルのおかあさん、あたしたちのこと、まちがえたでしょ？」

「あ、うん……」

たった四時間くらい前のことなのに、すごくなつかしい。

「とりあえず、もとの服に着《き》がえようか？」

「えっ、着がえて、どうするの？　さっきはいっしゅんだったけど、おかあさんや、おねえちゃんにずっと顔を見せないなんてムリだよ」

けど、もう、わたしのいうことなんて聞いてない。

「どこがいいかな……？　やっぱトイレ借《か》りるしかないかな……？」

むちゅうでキョロキョロ通りを見まわして、「あっ！」とさけんだと思うと、「サンマルシェ」の店の前に走って行った。そして、ひどくこうふんしたようすで、

「うつってる！　ほらっ！」

目の前のショウウィンドウを指《ゆび》さした。

「店の中が暗いと、もっとはっきりうつるんだけど」

ぶつぶついいながら、しんけんな顔で、のぞきこんでる。


（なにを見てるの……？）

わたしも急《いそ》いでかけよって、のぞいてみた。と、パンの棚《たな》とガラスの間に、半分消《き》えかかった透明人間《とうめいにんげん》みたいに、わたしたちのすがたが、うっすらとすけて見えた。

「ねっ、ひょっとして、これ、かがみの代《か》わりになるんじゃない？」

「えっ、そうかなあ」

「とにかく、やってみようよ」

「やるって、なにを……？」

「だから、もう一度《いちど》とりかえっこして、もとにもどるの」

「えっ、でも、カミナリは……？」

聞こうとしたとたん、

「ぐずぐずもんくばかり、いってないで！」

すみれちゃんのいかりがバクハツした。

「チル、もとにもどりたいんでしょっ？　じぶんのうちに帰りたいんでしょ？　あたしも帰りたい！　ママとカズに会いたい！」

まっすぐにわたしを見つめる――さっきみたいに、てれくさそうになんかじゃない――こわいほど真剣《しんけん》な目つきにドキッとした。そして、ハッと気がついた。

（そうだよね。すみれちゃんが、本気でカズくんをきらいになるわけないよね）

「わたしも帰りたい」

心の底《そこ》から、そう思った。

「帰って、おかあさんと、おねえちゃんに会いたい。おねえちゃんに会って、ちゃんと話を聞きたい」

「よしっ！」と、すみれちゃんがうなずいた。

わたしたちは手をつないで、ウィンドウの前にならんで立った。心臓《しんぞう》がドキドキなっている。

「いい？　あの時のことを、よーく思い出して……心の中でしんけんにいのるの。絶対《ぜったい》に、キセキが起《お》きると、信《しん》じて……」

一言一言《ひとことひとこと》ゆっくりと、力強い声が、つないだ手からつたわってくる。

「チルは、ガラスの向《む》こうの、あたしの目を見て。あたしは、チルの目を見るから」

「わかった」

（あの時のことを、よーく思い出して……）

わたしもゆっくりと心の中でくり返《かえ》した。

ところが、「あの時」とは、まわりのようすが全然《ぜんぜん》ちがう。部屋《へや》には、すみれちゃんとふたりきりだったのに、たなにならんだパンや、お店の中のお客《きゃく》さん……いろんなものが見えて……通りを歩く人たちの話し声や、わらい声……いろんな音が聞こえて……ちっとも集中《しゅうちゅう》できない。それでも、ガラスの向《む》こうのすみれちゃんの目をしっかり見て、一生《いっしょう》懸命《けんめい》いのった。

（わたしとすみれちゃんが、ほんとうのじぶんの家に帰れますように……）

何度《なんど》も、何度も、くり返《かえ》し……。そのうち、だんだん、まわりが見えなくなってきた。まわりの音も聞こえなくなって、スーッとガラスの向こうにすいこまれそうに……。

どのくらいの時間がたったんだろう？

とつぜん、すぐ後ろで、キキーッと耳につきささるような自転車《じてんしゃ》のブレーキ音がして、ハッとふり向《む》くと、一台の車が猛《もう》スピードで角を曲《ま》がって走ってくるのが見えた――と、つぎのしゅんかん、まぶしいヘッドライトで目の前が真《ま》っ白《しろ》になった。

「キャーッ！」

すみれちゃんにだきついて、道路《どうろ》にうずくまった。

「こらっ！　あぶねえだろっ！　こんなとこで、なにボサーッとつっ立ってんだよっ！」

頭の上から、どなり声がして、おそるおそる目を開《あ》けると、自転車《じてんしゃ》の荷台《にだい》に大きな段《だん》ボール箱《ばこ》を乗《の》せたおじさんが、こわい顔でにらんでた。わたしたちをよけようとして、あわててブレーキをかけたらしい。そのひょうしにバランスをくずして、ロープがはずれたのか、箱が荷台から半分ずり落《お》ちそうになっていた。

「チッ、また配達《はいたつ》の時間におくれちまう……」

ブツブツいいながらロープをくりなおして、ペダルに足をかけると、少しふらふらしながら走っていった。

「なによっ！　あぶないのは、そっちでしょっ！　自転車は歩道を走っちゃいけないんだよっ！」

すみれちゃんがこぶしをふりあげて、大声でどなり返《かえ》した。

「あー、びっくりした。車にぶつかりそうになって、ブレーキかけたのかと思ったら、歩道に立ってたあたしたちにぶつかりそうになったなんて、まったく、人騒《ひとさわ》がせなおっちゃんだよ」

「あー、こわかった。わたしも、自転車《じてんしゃ》と車がぶつかって事故《じこ》を起《お》こしたのかと思った。まだ胸《むね》がドキドキしてる」

「もう、だいじょうぶだよ」

すみれちゃんがバッと立ちあがって、両手《りょうて》でかかえ起こしてくれた。

「ありがとう」

と、その顔を見て、びっくり――。

すみれちゃんが、すみれちゃんの顔をしている！

けど、すぐには信《しん》じられなくて、しばらくの間、おたがいの顔をじっと見つめあった。

すみれちゃんも気がついた。

（あたしたち、もとにもどったんだね）

すみれちゃんの目がいっている。

「これで、とりかえっこは終《お》わりだね」

はっきりと声が聞こえて、うなずいたとたん、泣《な》きそうになった。

「さっ、急《いそ》がなくちゃ！　ママたち、心配《しんぱい》してるよ」

「うん……本物《ほんもの》のママたちがね」

「さよなら」「さよなら」

大きく手をふって、それぞれの家に向《む》かって走り出しながら、心の中でそっといった。

（さよなら、わたしだったすみれちゃん――）

7 ―― おまけのとりかえっこ

家がだんだん近づいてくると、もとのじぶんにちゃんともどれてるか、急《きゅう》に心配《しんぱい》になってきた。おかあさんも、おねえちゃんも、本物《ほんもの》のわたしだって信《しん》じてくれるだろうか？

そうだ！　すみれちゃんから聞いた話を、しっかり思い出さなきゃ。

おねえちゃん、帰りの会が終《お》わってすぐ、いなくなって、ミニバスの練習《れんしゅう》も休んだって……ユカちゃんたちがものすごく心配して、うちに来て、まだ帰ってなかったから、あわててどこかにさがしに行った……。その後、おねえちゃんが帰ってきて、ユカちゃんたちの話をしたら、いきなり部屋《へや》から追《お》い出されて、ワァワァ泣《な》く声が聞こえて……って、な

にがあったんだろう？

日記に書いてあったことと、たぶんカンケーあるよね。

わたしのこと、きっとまだすごくおこってるよね？　おかあさんより先に、おねえちゃんに会って、急いであやまろう。カズくんと、すみれちゃんも、もうすぐ仲《なか》なおりできると思うから。


家に着《つ》くと、げんかんのドアをそっと開《あ》けて、音をたてないよう静《しず》かに階段《かいだん》をあがった。ユカちゃんたちがきたことは、おかあさんにナイショだって、すみれちゃんがいった。すみれちゃんのママも、イチゴのキャンディボックスのことを、さっきまで知らなかった。親って、意外《いがい》と、子どものほんとのことを知らないのかも……。

ドキドキしながら、部屋《へや》のドアを開けた。おねえちゃんは待《ま》ってたようにふりむいて、

「おそかったね。心配《しんぱい》したよ」

ちょっと泣《な》きそうな顔でいった。

（えっ、おこってない？）

すみれちゃんを追《お》い出した時より、だいぶ気持《きも》ちが落《お》ち着《つ》いたみたい。日記のことをあやまろうと、一歩部屋《へや》に入ってドアをしめると、

「さっきは、ごめんね。ゆうべも、ごめん」

また泣《な》きそうな顔でいった。おねえちゃんがわたしにあやまるなんて、生まれて初《はじ》めて。なんて返事《へんじ》したらいいかわからなくて、だまって立ってると、

「あんなに強くたたいて、痛《いた》かったでしょ？　いつもチルにオニっていわれるけど、ほんとだね」

ふっと目をふせて、わらった。

「なにが、あったの……？」

のどの奥《おく》から、やっとかすれた声が出た。

「チル、日記、読んだでしょ？」

「ごめんなさい」

「もう、おこってないから、正直にどこを読んだか教えて」

「……宮内《みやうち》くんと戸田《とだ》さんが、ふたりで公園にいて……アヤシイって、ユカちゃんたちが……」

「わかった。じゃ、こっちにきて、すわって」

「えっ？」

「チルに全部《ぜんぶ》話すから……ユカたちのこと、美帆《みほ》ちゃんのこと……おミヤのことも……」

最後《さいご》はちょっとまようように間があいた。

なんだか聞くのが、こわかった。わたしがかってに日記を読んだのを、すみれちゃんは知らない。でも、おねえちゃんの話を、本物《ほんもの》のチルがちゃんと聞かなきゃいけないっていった。わたしも、カズくんの話をちゃんと聞いてあげてって、すみれちゃんにいった。

「ゆうべ、ユカから電話があったでしょ？」

イスにすわると、おねえちゃんはいつものキリッとした声で話し始《はじ》めた。

『美帆《みほ》ちゃんとのこと、やっぱり、おミヤにはっきり聞いたほうがいい』って……『よけいなおせっかいは止《や》めて』って、ケンカみたいになって……部屋《へや》にもどったら、あんたが日記読んでて……」

「ごめんなさい」

「ただでもムシャクシャしてたから、カーッと頭に血《ち》がのぼって……ちゃんとしまわなかったのは、こっちの責任《せきにん》だけど、なんでわたしの日記なんて読もうと思ったの?」

「二度《ど》とないチャンスって、最初《さいしょ》は軽《かる》い気持《きも》ちで……でも、今は、おねえちゃんの秘密《ひみつ》が知りたかったんだって思う」

(そんなことを思うのは、きっと、すみれちゃんと、とりかえっこをしたからだね)

「秘密か……ユカもリエも、真剣《しんけん》にわたしのこと考えてくれるのはわかるけど、やりかたが強引《ごういん》なのよねえ」

そこで、ふうっとため息《いき》をつくと、思い切ったように顔をあげて話し始《はじ》めた。

「昼休み、おミヤをろうかに呼《よ》び出して、いきなり『ノンが聞きたいことがあるって』って、いったの。もうびっくりして、なにもいえないでいたら、『きのうの朝、戸田《とだ》さんと公園でなにしてたの？』って……『ノンがジョギングに行って、見たんだよね』って……。ヒドイでしょ？　ゆうべ、電話であんなに止《と》めたのに……。おミヤがなにかいう前に、走ってにげた……午後の授業中《じゅぎょうちゅう》も、ずっと顔見るのがこわくて……ユカたちとも口ききたくなくて……帰りの会が終わるとすぐ、教室飛《と》び出して……あの時は、もう永久《えいきゅう》に学校にもどれないって思った……」

おねえちゃんのこんな苦《くる》しそうな顔、初《はじ》めて。

「走って、走って、気がついたら、いつの間にか公園の近くにいて……おミヤが後ろから走ってきて、大声で『おまえ、なんかカン違《ちが》いしてるだろ』って……。きのうの朝、コロの散歩《さんぽ》に来たら、ぐうぜん戸田がひとりでベンチにすわってて、気になったから、声をかけたって……。コロの名前を聞いたとたん、なんだか急《きゅう》に気持《きも》ちが楽になって、『わたしもほんとにぐうぜんだったのよ。公園に行くとちゅう、コロを見たから、いっしょに遊《あそ》びたくなって、走って追《お》いかけたの』って、おミヤの顔見て、ちゃんと話したら、『なんだ、だったら、声かければよかったのに。コロのやつ、おれの百倍《ばい》くらい女の子にモテるんだぜ』って、ケラケラわらって……ついでに思い出したみたいに、『戸田《とだ》のこと、あんまり知らないだろ？　おれも、きのうまで、知らなかった。くわしく話すよ』って……。話って、なんだろうってドキドキしたけど、想像《そうぞう》もつかなかったことで、ほんとになにも知らなかったって……すごくショックだった」

　そこで、ちょっとことばを切って、うつむいた。

「美帆《みほ》ちゃん、おとうさんの仕事《しごと》のつごうで、今までずっと転勤《てんきん》が多くて、半年とか、短《みじか》い時は、三か月くらいで引《ひ》っ越《こ》したって。小学校に入ってからだけでも、七回っていったかな？　せっかく仲《なか》よくなっても、すぐまた別《わか》れる。さみしい思いもたくさんして、何度《なんど》も転校《てんこう》をくり返《かえ》すうちに、じぶん流《りゅう》のテクニックを身《み》につけたって。どうせ短い間だから、なるべく早くクラスになじんで、楽しくやろうって……。でも、今度《こんど》は、おとうさんの転勤の時期《じき》が終《お》わって、ずっとここにいられることになって……」

　そこでまたちょっと、ことばを切った。なぜか、急《きゅう》に表情《ひょうじょう》が暗《くら》くなった。

「最初《さいしょ》はすごくうれしかったって。転校《てんこう》してすぐ、運動会《うんどうかい》があったでしょ？　いっしょにリレー走って、なかよくなって、友だちになりたかったけど、いつもユカたちと三人でいて、中に入れなかったって。考えたら、五年から同じクラスだから、それぞれ、グループができてたんだよね。だれと友だちになったらいいかわからなくて、だんだんクラスに居《い》場所《ばしょ》がなくなって……夏休みも、みんな、いそがしそうで、ポツンとひとり取《と》り残《のこ》されたような気持《きも》ちになって、それで公園のベンチにすわってたらしいの。じぶんのこと、『転校病《びょう》』っていってたって。転校してすぐは、みんなが優《やさ》しくしてくれて、クラスのスターみたいになれて……でも、ひとつの場所《ばしょ》にずっといたことなかったから、『転校生』じゃなくなった後、どうしていいかわからない。友だちの作り方がわからないって……。最初は意味《いみ》がわからなかった。考えたことも、なかったから……美帆《みほ》ちゃん、友だち作りたくて、だから、あんなにいつもニコニコしてたんだって……おミヤに聞くまで、ちっとも気がつかなくて、ひどいこといって……」

おねえちゃんの声がふるえた。

「『友だちの作り方』なんて、おれ、教えられないからさ。おまえがなんとかしろ。学級《がっきゅう》委員《いいん》だろ？　明日、夏休みの自由研究《じゆうけんきゅう》の相談《そうだん》するからなって、エラソーに……」

なみだを流《なが》しながら、にくらしそうにプッと口をとがらせた。

（宮内《みやうち》くんとおねえちゃん、やっぱりおにあいのカップルなんだね）

思わず、胸《むね》がジーンとなった。

天井《てんじょう》から下がってたシーツは、はずされていた。


「あれっ？　チル、この服《ふく》……」

おねえちゃんがとつぜん、ブラウスの胸元《むなもと》を指《ゆび》さした。

（いけない！　着《き》がえるの、わすれてた）

ドキッとして、いっしゅん（どうしよう）とあせったけど、自然《しぜん》にスラスラとことばが出た。

「これ、すみれちゃんの。とりかえっこしたの。すみれちゃん、おねえちゃんのこと、だいすきで、あこがれてて……。いつも、こんなカッコいいおねえちゃんがいたらいいなって、おねえちゃんのおさがりがうらやましいって……だから、とりかえっこしたの。わたしがすみれちゃんになって、すみれちゃんがわたしになって……」

「なに、それ？」

おねえちゃんは、まだ半分なみだのたまった目で聞いた。

「そうだ！　ねえ、とりかえっこしようか？」

「とりかえっこ？」

「わたしがおねえちゃんになって、おねえちゃんがわたしになるの」

「なに、それ？」

また、同じことを聞いた。けど、今度《こんど》はクスクスわらいながら、いつものちょっとバカにしたような声で……。わたしは「コホン」とせきばらいすると、

「いい？　じゃ、今から、わたしがおねえちゃんで、おねえちゃんが妹ね」

腰《こし》に両手《りょうて》をあてて、ふんぞり返《かえ》った。

「こら、のぞみ、宿題《しゅくだい》まだやってないでしょ。教えてあげるから、出しなさい」

「わたし、そんなエラソーにしないわよ」

「いいから、早く、算数の教科書とノート出して。きのう、説明《せつめい》したのと同じだから、わかるでしょ。さっさとやりなさい」

おねえちゃんの頭をチョンとこずいた。

「うわあ、むずかしそうだなあ」

おねえちゃんはクスッとわらって、ノートに書くふりをしながら、

「明日、美帆《みほ》ちゃんとちゃんと話すよ。ユカたちにも心配《しんぱい》かけて、ごめんて、あやまる。ユカたちのいう通り、うちのクラスは、おミヤがいるから……って、いうより、わたしがいるから、だいじょうぶって、かってに思ってたけど、彼女《かのじょ》がそんなさみしい思いをしてたなんて、全然《ぜんぜん》気がつかなくて……。考えたら、今まで、ちゃんと話したことなかったもんね。『ちゃんと』って、意外《いがい》とむずかしいね、おねえちゃん？」

最後《さいご》は、小さな妹か弟みたいに、いたずらっぽい目で、わたしの顔を見てクスッとわら

った。

今まで、おねえちゃんが一番前を走ってリードしてると思ってたけど、わき目もふらず、思いっきり全力疾走《ぜんりょくしっそう》するおねえちゃんが転《ころ》ばないように、ユカちゃんたちがずっとそばについて、走ってくれてたのかもしれない。たまに暴走《ぼうそう》して、おねえちゃんをおいてきぼりにしちゃったりもするけど……。

きょうは、いろんなこと発見《はっけん》できた気がする。

すみれちゃん、今ごろ、カズくんとどんな話してるかなあ？

おねえちゃんて、ただエラソーにいばってるだけじゃない。弟や妹のこと、ほんとはすごくかわいくて、だいすきだって、カズくんのおねえちゃんになってわかった。

「ただいまもいわないで、なにしてるの？」

とつぜん、バタンとドアが開《あ》いて、おかあさんが顔を出した。机《つくえ》の間のシーツがはずされて、ふたりで楽しそうに話すのを見て安心《あんしん》したらしい。それ以上《いじょう》、小言もいわず、

「夕ごはん、できてるから、早く来なさい」

トントンと階段《かいだん》をおりていった。

「あーっ！　もうすぐ八時。おなか、すいた。早く行こう」

「だめだよ、かってに、おねえちゃんにもどっちゃ」

「とりかえっこは、もう終《お》わり」

「あーあ、またジゴクの日々が始《はじ》まるかあ」

「バカなこといってないで」

「人のこと、バカっていっちゃいけないんだよ」

「バカだから、バカっていったのよ」

いつものチョーシでいい返《かえ》して、部屋《へや》を出て行こうとしたおねえちゃんが、

「チル、ありがとね」

ふりむいて、ニコッとわらった。

きょうのわたしは、半分すみれちゃん。今のおねえちゃんの「ありがと」も、明日、すみれちゃんに半分わたさなきゃ。

カズくんのお誕生日《たんじょうび》のチョコケーキ、どんな味《あじ》だったか、聞くのが楽しみだな。

とりかえっこ

2020年３月30日　　初　版　　NDC913 139P 21㎝

作　者　泉　啓子　　画　家　東野さとる
発行者　田所　稔
発行所　株式会社 新日本出版社
〒151-0051　東京都渋谷区千駄ヶ谷4-25-6
電話　営業 03（3423）8402／編集 03（3423）9323
info@shinnihon-net.co.jp
www.shinnihon-net.co.jp
振替　00130-0-13681
印　刷　光陽メディア　　製　本　小泉製本

落丁・乱丁がありましたらおとりかえいたします。

ISBN978-4-406-06430-9　C8093　Printed in Japan